Der Kuss des Meeres – Nathalie C. Kutscher

AF215923

BoD™
BOOKS on DEMAND

Der Kuss des Meeres

Nathalie C. Kutscher

Impressum:

Copyright © Nathalie C. Kutscher 2014
2. Auflage 2018
Herstellung und Verlag: BoD- Books on Demand, Norderstedt
ISBN: 9783748157755
Kontakt: avapink73@gmail.com
www.nathaliekutscher.jimdo.com

Mehr über die Autorin auf Facebook:
https://www.facebook.com/pages/Autorenseite-Nathalie-C-Kutscher/554166451292715?ref=hl

Kapitel 1

Flughafen Keflavik 16:45 Uhr Ortszeit.

Schon während des Landeanfluges auf Island, blickte Stella mit zusammengepressten Lippen auf ihre Heimat. So lange hatte sie die, an eine Mondlandschaft anmutende, Insel nicht mehr besucht. Aus der luftigen Höhe des Flugzeuges starrte sie auf die Eiskuppen der Berge, die Gletscher, die in sanften Bächen ihr eisiges Wasser gen Tal transportierten, um sich dann mit schäumendem Getöse aus den Felsspalten in reißende Wasserfälle zu verwandeln. Eine Insel unberührter Natur, soweit das Auge reicht. Von hier oben war die Stille der isländischen Bergwelt förmlich spürbar. Eine gespenstische Einsamkeit, inmitten der spitzen und schwarzen Felsen, die laut Legenden die Seelen versteinerter Wikinger waren. Stumme Zeugen, die aus ihrem starren Gefängnis leidvoll auf die Welt der Lebenden schauten.

'*Die Lebenden*', dachte Stella grimmig. Sie wünschte sich, die Insel würde nur aus Bergen, Gletscher und ihren eingeschlossenen, grausamen Seelen bestehen. Sie hasste die Menschen, deren Existenz sich in Form von kleinen, bunten Punkten zeigte. Wie zufällig in die Landschaft gesetzt, strahlten die Wellblechdächer der vereinzelten Bauernhöfe in der nachmittäglichen Sonne. So, wie auch die elterliche Farm inmitten des Nichts stand. Dazwischen die Ruinen längst vergangener Tage. Zerfallene Gebäude, schon lange von der Natur vereinnahmt, befanden sich auf den Grundstücken der modernen Isländer. War es Faulheit, dass die in Fels gebauten Wikingerhäuser nicht entfernt wurden, oder dachten die Menschen daran, ihre Vorfahren zu ehren? Stella war es eigentlich egal. Sie hätte am liebsten ihre Vergangenheit ausgelöscht. Eine Zeitmaschine – das wäre das, was Stella brauchte. Zurückfliegen in die Vergangenheit und alles ungeschehen machen. Verhindern, dass Jón Balðursson jemals das Licht der Welt erblickte.

Aus der vorderen Sitzreihe kamen entzückte Ausrufe. Stella hörte das Klicken der Kameras. Bilder für die Ewigkeit oder zumindest für die nächsten paar Jahre, in denen man sich immer wieder gerne an den Urlaub erinnerte.

Die Maschine flog durch Wolkenfetzen, und die Stimme des Kapitäns rauschte über den Lautsprecher. Stella war in Gedanken versunken und starrte aus dem Fenster.

Island! Das Land hoch im Norden. Geheimnisvoll – Menschen und Natur gleichermaßen. Was dachten wohl Touristen, die zum ersten Mal die Insel betraten? Faszination, Entzücken, Aufregung? Erzählten sie daheim ihren Liebsten, wie gut sie aufgenommen wurden, welch freundliches Volk die Insulaner waren? Oder sagten sie die Wahrheit? Das hinter den verschlossenen Türen, eben jener kleinen, bunten Punkte, Bestien lebten? Bestien wie Jón Balðursson? *'Gebt mir eure Kameras'*, schrie Stella stumm. *'Ich zeige euch das wahre Island.'* Doch sie sagte nichts. Stattdessen rutschte sie weiter in ihren Sitz und verschränkte wütend die Arme. Der Zorn kam von ganz alleine, sie konnte nichts dagegen ausrichten. Immer wenn sie an Island dachte, spürte sie eine Woge der Verzweiflung aufsteigen. Doch das Land konnte nichts dafür. Wie viele Jòn Balðurssons gab es da draußen? Weltweit? Sollte sie deswegen die ganze Welt hassen? Und doch ... Das Gefühl von Abscheu und Hass ließ sich einfach nicht abstellen.

Sie sollte gar nicht hier sein. Sie *wollte* nicht hier sein. Stella fielen tausend Dinge ein, die sie jetzt lieber täte. *'Ich hätte gerne eine Wurzelbehandlung, hackt mir einen Arm ab, lasert mir die Augen – nur lasst mich hier nicht in dieses verfluchte Land.'* Ein stummes Gebet, ein Flehen, aber niemand hörte es. In Gedanken stampfte sie wie ein trotziges Kind auf den Boden und rief: *'Ich will nicht! Ich will einfach nicht!'*

Trotz Stellas Bitten kam der Flieger zum Stillstand und das Signal zum Aussteigen erschien. Die anderen Fluggäste konnten es scheinbar nicht erwarten, ins Freie zu stürmen. Kaum blinkte das Licht zum Ablegen der Sicherheitsgurte, schubsten sie sich durch den schmalen Gang des Icelandair Airbusses. Ohne Rücksicht auf andere Passagiere. Jeder wollte der Erste sein. Chaos, was für viele der wunderbare Beginn ihres Urlaubes bedeutete. Niemand wollte auch nur eine Sekunde der wohlverdienten Freizeit verpassen. *'Wie eine Herde Schafe vor der Schlachtbank.'*
Stella blieb noch einen Moment sitzen und versuchte, ihre Gedanken zu ordnen. *'Flieg mich wieder zurück',* flehte sie stumm. *'Flieg mich bitte wieder zurück!'* Bis zum letzten Moment wehrte sie sich dagegen nach Island zu kommen, doch ihre Schwester Sunna ließ ihr keine Ruhe mehr. Stellas Vater war verstorben, und in vier Tagen fand die Beerdigung statt. Wieder einmal fragte sich Stella, warum sie tatsächlich gekommen war? Das Verhältnis zu ihrer Familie war bereits seit Jahren zerrüttet. Zu schwer wog die Erinnerung an schlimme Dinge, die in Kindertagen geschehen waren. Sie hegte damals nur einen Wunsch: Weit weg zu laufen von dieser Hölle, die sich ihr Elternhaus schimpfte. Als Stella achtzehn Jahre alt wurde, packte sie ihre Habseligkeiten und verschwand in Richtung Amerika. Für isländische

Staatsangehörige war es kein Problem, in den USA Fuß zu fassen. Nach dem Abzug der amerikanischen Truppen aus Island bekamen die Isländer als Wiedergutmachung, uneingeschränktes Aufenthaltsrecht in den Vereinigten Staaten. Und außerdem waren die Isländer durch Leifur Eiriksson die wahren Entdecker des nordamerikanischen Kontinents. Die Statue des Seefahrers kann man vor der Hallgrímskirkja in Reykjavik bestaunen, zudem ist der Flughafen in Keflavik nach ihm benannt. So befand Stella, es sei ihr gutes Recht, nach Amerika auszuwandern. Vor zehn Jahren suchte sie daher das Weite und war seitdem nicht wieder auf der Insel gewesen. Die Frage, warum sie zurückgekehrt war, brannte ihr noch immer unter den Fingernägeln. Jón Balðursson war ihr Feind. Damals und heute. Nichts hatte sich an Stellas Gefühlen für ihren Vater verändert. Rein gar nichts. Als sie Sunnas Anruf erhielt, zeigte Stella keinerlei Gefühlsregung. Nur ihr Lid zuckte ein paar Mal kaum merklich, doch zu mehr ließ sie sich nicht hinreißen. *Er ist tot und ich werde mich davon überzeugen, dass es der Wahrheit entspricht!* Ja, deswegen war sie hier. Sie wollte sehen, wie man diesen Bastard in die Erde hinabließ, wo er für alle Zeit sein Grab finden sollte.

Das Flugzeug leerte sich, und Stella saß noch immer angeschnallt und in Gedanken versunken auf ihrem Platz. Ihr Körper war so angespannt, dass sie befürchtete, nie wieder auch nur einen Muskel bewegen zu können.

„Ist alles in Ordnung?", hörte sie eine Frauenstimme und sah zu einer blonden Stewardess auf.

Stella war es, als hole man sie von einem fremden Universum auf die Erde zurück. Sie schenkte der Flugbegleiterin ein entschuldigendes Lächeln, und während sie den Sicherheitsgurt löste, antwortete sie:

„Ja, danke. Es ist alles bestens."

Umständlich nahm sie ihr Handgepäck aus der Box und verließ das Flugzeug. Im Gegensatz zu anderen internationalen Flughäfen war der in Keflavik recht übersichtlich. Lachende und laut schnatternde Touristen eilten an ihr vorbei. Stella bekam den ein oder anderen überladenen Trekkingrucksack in den Rücken gedrückt und wurde unsanft angerempelt. An der Gepäckausgabe redeten die Menschen ununterbrochen in Vorfreude auf ihren nun beginnenden Urlaub. *'Ich hasse euch'*, dachte Stella. *'Hört ihr, was ich sage? Ich hasse euch!'* Wieder legte sich ein grimmiger Ausdruck auf ihre schmalen Lippen, jedoch wünschte sich ein kleiner Teil von ihr, das Land mit den Augen dieser fröhlichen Menschen zu sehen. Nur ein einziges Mal wollte Stella die Schönheit der Insel bewundern, ohne dabei direkt an ihren Vater denken zu müssen. Sie hoffte inständig, dass sie die Dämonen der Vergangenheit ein für alle Mal los wurde.

Die Zollabfertigung dauerte nicht lange und Stella überlegte für den Bruchteil einer Sekunde, ob sie sich im Duty Free Shop eine Flasche Hochprozentiges kaufen sollte. Es war eine Besonderheit der Isländer, dass man sowohl beim Abflug als auch bei der Ankunft im Duty Free Shop einkaufen konnte. Dieses Privileg nutzten die Einheimischen natürlich gerne, war Alkohol im Land selber recht überteuert. Stella verlangsamte ihren Schritt und dachte noch einmal, über den Kauf einer Flasche isländischen Schnaps nach. Es hätte ihr mit Sicherheit gegen das flaue Gefühl im Magen geholfen, doch sie entschied sich dagegen, ließ den Shop zurück und verließ das Flughafengebäude.

Kapitel 2

Es hatte sich kaum etwas verändert. Stella sog die frische, nach Schwefel riechende Meeresluft in ihre Lungen.

„Faule Eier." So beschrieben viele Touristen den unverwechselbaren Duft der Insel. Doch gewöhnte man sich erst einmal daran, nahm man nur noch die fantastische Brise des Atlantiks wahr.

Stella hatte den Geruch völlig vergessen, doch jetzt kamen alle Erinnerungen wieder hoch. Bilder blitzten vor ihrem geistigen Auge auf. Klippen, ihr Vater, Sunna und ... der Ozean. Wieder zuckte ihr rechtes Augenlid. Stella schüttelte sich und verwarf den Gedanken. Sie wollte nicht daran denken. Wollte das alles aus ihrem Hirn verbannen. Manchmal wünschte sie sich eine Reset-Taste, wie bei einem Computer. Einen Knopfdruck und alles wäre gelöscht. Leider funktionierte das Leben nicht so einfach. Die damaligen Ereignisse machten aus Stella ein nervöses Wrack. Zu ernst, zu grüblerisch und zu misstrauisch anderen Menschen gegenüber. Sie ließ niemanden an sich heran, hatte oberflächliche Freunde, oberflächliche Beziehungen und oberflächlichen Sex. Mit dem Betreten der Insel flammte der alte Hass wieder auf, und sie sah keine Möglichkeit, sich dagegen zu wehren. Sie konnte nur versuchen, ihn unter Kontrolle zu halten.

Mit ihrem Samsonite im Schlepptau und einer unhandlichen Reisetasche über der Schulter machte sich Stella auf den Weg zu den Taxis. In perfektem Englisch orderte sie eine Mitfahrgelegenheit. Es war ihr nicht bewusst, dass sie englisch sprach, und wunderte sich über den verdutzten Gesichtsausdruck des Taxifahrers. Er sah sofort, dass sie eine Einheimische war.

„Bist du keine Isländerin?", fragte er.[*]

Stella stutze kurz.

„Doch. Entschuldigung, ich habe nur schon so lange kein isländisch mehr gesprochen", antwortete sie. *Willst du wissen warum?*, schrie sie stumm, fuhr jedoch in ihrer Muttersprache fort:

„Ich habe ein Zimmer im Hotel Keflavik. Bringst du mich dorthin?"

Der rothaarige Taxifahrer nickte und verstaute ihr Gepäck im Kofferraum des silbergrauen Lexus. Nachdem Stella im Wagen Platz genommen und der Fahrer Gas gegeben hatte, wurde sie wieder an die längst vergessene isländische Fahrweise erinnert. Der Taxifahrer preschte über den Parkplatz und raste durch zwei Kreisverkehre, bis er auf der Hauptstraße Richtung Keflavik kräftig auf das Gaspedal drückte. Stella sah die vorbeifliegende, aus unendlich schwarzen Lavafeldern bestehende Landschaft. Sie fuhren an der ehemaligen Armybase vorbei – auf der mittlerweile Studenten lebten – bis sie schließlich links abbogen und auf die alte Werft zuhielten. Stella war nie zuvor in dem kleinen Ort gewesen, der auf der Halbinsel Reykjanes lag und, im Gegensatz zu ihrem Heimatstädtchen Djúpivogur im Südosten, an eine Großstadt erinnerte. In Djúpivogur lebten keine vierhundert Einwohner, und die Menschen waren zumeist in der Touristenbranche oder als Fischer tätig.

Stella wuchs in einem Landwirtschaftsbetrieb nahe des Dorfes Djúpivogur auf und war so gut wie nie aus dem Ort herausgekommen. In ihrer Jugend besuchte sie vielleicht zwei Mal Reykjavik und war wie erschlagen, als sie in New York landete. Der Kontrast war einfach bombastisch und Stella brauchte eine lange Zeit, um sich in Amerika einzugewöhnen. Doch jetzt war es genau anders herum. Die Stille und stoische Ruhe der Isländer waren ihr fast unheimlich.

Schweigend sah sie aus dem Fenster, während das Taxi durch den Vorort Njardvik rauschte, einen weiteren Kreisverkehr passierte und schließlich am Hafen Keflavik vorbeifuhr. Stella warf einen Blick auf das glatte, blau-grün schimmernde Meer und eine unsagbare Ruhe stellte sich bei ihr ein. In ihrem Hinterkopf schellten die Alarmglocken, als sie auf das Wasser starrte. Stella ignorierte sie geflissentlich. Sie wollte nicht an die Vergangenheit denken und auch nicht daran, dass sich stets schlechte Erinnerungen einschlichen, wenn sie auf den Ozean sah.

Nach einem letzten Kreisverkehr, der in der Mitte von einem hübschen Springbrunnen geziert wurde, hielt das Taxi vor dem Hotel auf dem Vatnesvegur. Auf dieser Straße gab es neben dem Hotel Keflavik, ein paar Einfamilienhäusern, einem Elektrogeschäft, auch noch das Flúghotel. Keflavik war die erste Anlaufstelle für viele Touristen, doch sie hielten sich meistens nicht lange in dem kleinen Hafenstädtchen auf. Zu Unrecht, denn neben einer wunderschönen Küste, gab es den verträumten Ortskern mit vielen kleinen Geschäften, einem Kino – mit einer Ehrenplatte von Clint Eastwood vor dem Eingang – und zwei Häfen. Der Ort war ruhig und friedlich, die Menschen offen und herzlich. Einst bauten die Amerikaner den internationalen Flughafen, und die Isländer strömten aus allen Ecken des Landes nach Keflavik. Trotzdem stand das Städtchen im Schatten der Städte Reykjavik und Akureyri.

Stella bezahlte die Fahrt mit ihrer Kreditkarte, denn in Island bezahlt man so ziemlich alles elektronisch. Aus dem Augenwinkel sah sie auf der gegenüberliegenden Straßenseite ein junges Paar, welches Kartons in einen Hauseingang schleppte. Sie sprachen deutsch und Stella wunderte sich abermals, was so viele Touristen an Island anziehend fanden, dass sie sogar auf die Insel auswanderten.

Nachdem der Taxifahrer ihre Koffer unter das weiße Vordach des Hotels gestellt hatte, und dann mit einem dahin genuscheltem „Bless"** das Weite suchte, stand Stella einen Moment unschlüssig vor dem Hotel. Wieder keimte der Wunsch in ihr auf, in das nächste Flugzeug zu steigen und einfach zurück nach New York zu fliegen. Doch es half Nichts. Es war ihr fester Wille, sich den Dämonen der Vergangenheit zu stellen und diese ein für alle Mal loszuwerden. Seufzend klappte sie den Griff des Koffers aus und betrat die Hotellobby.

Stella ließ sich auf das Bett mit dem geblümten Überwurf fallen und starrte an die Decke. Ihr Vater war tot – zum ersten Mal traf sie die Erkenntnis mit voller Wucht. Wie lange hatte sie dem Mann eigentlich den Tod gewünscht? Doch jetzt, wo es Realität geworden war, verspürte Stella so etwas wie Trauer. *Wie kam wohl Sunna damit klar?'*, ging es ihr durch den Kopf. Ihre Schwester wirkte recht gefasst, als sie ihr die Nachricht überbrachte, aber das war eben Sunnas Art. Sie ließ sich nie von Gefühlsausbrüchen leiten. Sie war so kalt, wie ein isländischer Winter. So kalt wie die Gletscher mit ihrem ewigen Eis. So kalt wie ... ihr Vater. Jón Baldursson war wie ein Schneesturm, der unerwartet über die Insel hereinbrach, alles unter sich begrub und erfrieren ließ, um danach nichts weiter zurückzulassen als eisige Ödnis. Sämtliche menschliche Empfindungen lagen eingeschlossen unter der dicken Schneedecke. Das einzige Gefühl, an das Stella sich erinnern konnte, war unbeschreibliche Angst. Alles andere in ihr war abgestorben oder zumindest so weit abgestumpft, dass sie nicht mehr wusste, wie es sich anfühlte.

Obwohl sie schon so lange aus Island fort war, fühlte sie sich, als hätte sie erst gestern die Insel verlassen. Die Erinnerungen an ihren Vater waren so lebendig, so frisch, dass es Stella erneut Angst einjagte. Es kam ihr so vor, als hätte sie noch vor wenigen Augenblicken mit ihm gesprochen und seine eisige Nähe gespürt. Und auch Sunna war allgegenwärtig. Stella konnte sich diesen Umstand nicht erklären, nahm jedoch an, es lag an der mentalen Verbindung zu ihrer Zwillingsschwester. Auch die Entfernung quer über den Atlantik vermochte nichts daran zu ändern. Sunna war immer da. Jeden Tag, jede Stunde, jede Minute in Stellas Leben. Sie besaß nicht die Kraft, sich vollständig von Sunna zu lösen. Auch wenn die Schwestern nichts gemeinsam hatten, so waren sie doch auf ewig miteinander verbunden.

Das schrille Klingeln des Telefons riss Stella aus ihren Gedanken.

„Ja?", sagte Stella, nachdem sie den Hörer abgenommen hatte.

„Hier ist Karólina, von der Rezeption", meldete sich eine Frauenstimme. „Der Autovermieter ist mit deinem Wagen da."

„Danke", murmelte Stella. „Ich komme nach unten."

Es war eine praktische Sache, dass die Autovermietung ins Hotel kam, um die Mietwagen abzuliefern. Stella hatte bereits im Vorfeld alles telefonisch geregelt. *'Herrlich unkompliziert'*, dachte sie und verließ das Zimmer. Ganz nach dem Motto: *'Warum laufen, wenn man fahren kann'*, benutzte Stella für die zwei Etagen abwärts den Aufzug. Der Autovermieter wartete bereits auf sie, und nach einer kurzen, desinteressierten Begrüßung zeigte er Stella den Toyota Corolla, welcher auf dem Hotelparkplatz stand.

„Er ist vollgetankt, und du musst ihn vollgetankt zurückbringen", sagte er unmotiviert und reichte Stella die Schlüssel. „Hier ist der Schein mit dem Kilometerstand, Uhrzeit und Kreditkartennummer. Du musst hier unterschreiben." Er tippte auf den Zettel, der in einem Clipboard klemmte.

Stella kritzelte ihre Unterschrift auf das Blatt.

„Ich bringe ihn heute in zwei Wochen wieder. Falls ich mich nicht verfahre", scherzte sie, doch der Autovermieter, der wie ein zu groß geratener Teddybär wirkte, glotzte sie nur dümmlich an.

„Da kannst du eine Karte kaufen", antwortete er trocken und deutete auf die Tankstelle auf der anderen Straßenseite. „Und du musst den Wagen vollgetankt zurückbringen."

„Ja, das sagtest du bereits", antwortete Stella und verdrehte die Augen. „Wenn das alles ist, würde ich jetzt gerne wieder auf mein Zimmer."

Der junge Mann nickte und verschwand, ohne ein weiteres Wort zu sagen. Stella sah ihm kopfschüttelnd nach und ging zurück ins Hotel. Erstaunt musste sie feststellen, wie sehr sie sich verändert hatte. Die Isländer machten nicht viel Worte, sondern beschränkten sich auf das Wesentliche. Fremden gegenüber war das Inselvolk stets misstrauisch und redete nicht gerne mit ihnen. Stella hingegen war mittlerweile eine aufgeschlossene New Yorkerin, und ihr fiel der Umgang mit Menschen recht leicht. Doch tief in ihrem Herzen, war auch sie immer noch Isländerin und verstand den Wunsch der Einheimischen, ihre Kultur nicht zu verlieren. Auch wenn die Isländer durch die amerikanischen Filme und den Einfluss der amerikanischen Armee, alle der englischen Sprache mächtig waren und sich viel von Amerika abschauten, so waren sie ein recht introvertiertes Volk. Es gab nicht viele, die sich für das interessierten, was außerhalb ihrer Insel geschah. Alte Bräuche – die für den Rest der Welt ziemlich befremdlich wirkten – wurden strikt aufrechterhalten. Nach wie vor wurde einmal im Jahr das sogenannte Þorrablód gefeiert – eine Art Schlachtfest, bei dem wirklich alles vom Schaf verwertet wurde. Diese Sitte war nicht mehr notwendig, hatte jedoch einen familiären Charakter und diente eher dem fröhlichen Beisammensein, als dem kulinarischen Genuss. Doch genau solche Bräuche machten Island aus. „Warum etwas ändern, wenn es schon immer gut war?" So sahen die meisten Isländer das, und im Grunde hatten sie Recht. Wahrscheinlich lag genau hier das Geheimnis, warum Island so beliebt bei Touristen war. Sie bekamen die Gelegenheit abzutauchen in eine fremde und mysteriöse Welt, die völlig im Gegensatz zu den modernen Städten der Insel stand. Es war eine Welt der Widersprüche. Wild, gefährlich und doch hochmodern. Die Isländer waren zu Recht stolz auf ihr Land und auch bei Stella stellte sich langsam aber sicher eine Art Heimatgefühl ein.

Sie sehnte sich nach einer heißen Dusche und einer Mahlzeit. Danach wollte sie einen kleinen Spaziergang machen. Zwar litt sie unter dem Jetlag und war hundemüde, aber sie würde bis zum Abend warten, ehe sie sich hinlegte.

Als sie unter dem heißen Wasserstrahl stand, brauchte sie ein paar Sekunden, um sich an den schwefeligen Wassergeruch zu gewöhnen. Ihre verspannten Muskeln lockerten sich, und Stella stand bewegungslos da und ließ sich den dampfenden Strahl auf den Rücken prasseln. Sie benutzte eine ordentliche Portion Duschgel und wusch sich gründlich. Es war ihr eine Gewohnheit geworden, sich übermäßig einzuseifen. Stella tat dies schon ihr ganzes Leben, sie wollte den Schmutz, den ihr Vater hinterlassen hatte, von sich waschen. Erst als ihre Haut ganz rot und aufgeweicht war, wickelte sie sich in ein dickes Frotteehandtuch und trat aus der Dusche. Mit der Handfläche wischte sie den beschlagenen Spiegel sauber und bediente sich großzügig in ihrem Cremetopf. Während sie sich die weiße, zähflüssige Masse ins Gesicht schmierte, betrachtete sie eingehend ihr Spiegelbild. Ihre Augen blickten traurig. Des Öfteren wurde sie angesprochen, ob es ihr nicht gut ginge, oder ihr etwas auf der Seele lag. Doch Stella ignorierte die ehrlich gemeinte Besorgnis um ihre Person. Sie wollte mit niemandem darüber reden.

Sie schmierte weiter die Creme in ihr Gesicht und dachte plötzlich an ihre Mutter. Ihre Mundwinkel nahmen einen harten Ausdruck an, und Stella hätte sich am liebsten selbst geohrfeigt. Was war nur los mit ihr? Seit sie dieses verfluchte Flugzeug verlassen hatte, tauchten Bilder auf, die sie jahrelang erfolgreich zu verdrängen versuchte. Je näher sie ihrem Elternhaus kam, desto mehr wurde die Vergangenheit wieder lebendig. Ein kleines Schütteln fuhr durch ihren schlanken Körper, und sie griff nach der Pillendose, die neben ihr auf dem Waschtisch stand. Sie drehte das Röhrchen mit der Aufschrift *Aponal* in der Hand, ehe sie es wieder beiseitelegte. Stella wollte sich nicht mehr betäuben, auch wenn es ihr gegen die aufkeimende Angst sicher geholfen hätte.

Ihr stufig geschnittenes, langes rot-blondes Haar war unter einem Handtuch eingerollt, und Stella begann, sorgfältig ihre grünen Augen zu schminken. Sie benutzte nicht viel Make-up, jedoch war sie der Meinung, eine Frau sollte immer das Beste aus sich herausholen. Alles, was sie über Make-up und Schönheitspflege wusste, hatte sie aus amerikanischen Hochglanzmagazinen. Es war für sie eine komplett neue Welt, und Stella wollte nicht im Mittelpunkt stehen. Daher wählte sie stets ein schlichtes Äußeres. Modisch und gepflegt, aber gerade so unauffällig, dass niemand über sie sprach. Es war ihr ein Gräuel, wenn Männer sich nach ihr umdrehten oder sie gar ansprachen. Stella ging so gut wie nie aus, doch hin und wieder ließ sie sich von einer Arbeitskollegin dazu überreden. Sie spürte die Blicke der Männer, wenn sie eine Bar betrat, und es war ihr ausgesprochen unangenehm. Stella konnte sich keinen Reim darauf machen. Ihre Kolleginnen waren weitaus hübscher als sie, mondän und karrierebewusst. Aber wahrscheinlich lag genau hier der Grund für das männliche Interesse. Stella war unverfälscht, natürlich, und selbst wenn sie sich gar nicht schminken würde, war sie durchaus als hübsch zu bezeichnen. Trotz der Aufmerksamkeit, die ihr zuteilwurde, wäre es Stella nie in den Sinn gekommen, eine feste Beziehung einzugehen. Sie wollte sich nie wieder in ihrem ganzen Leben einem Mann unterordnen und an Gleichberechtigung in der Ehe glaubte sie nicht. Sollten doch all die Frauen ihren Jungmädchenträumen nachhängen und sich eine Hochzeit ausmalen, die einer Prinzessin gleichkam. Sie würden irgendwann ein böses Erwachen haben und feststellen, dass der geliebte Ehemann nichts weiter war, als eine bösartige, schlagende Kreatur.

Sie überprüfte ihr Aussehen, tupfte noch restliche Wimperntusche vom Lid und föhnte sich das Haar. Das Wichtigste war jetzt erst einmal Abendessen. Ihr Magen gab die knurrenden Geräusche eines wütenden Hundes von sich, und ihr war schon ganz schlecht vor Hunger. Im Flugzeug war es ihr unmöglich, etwas zu sich zu nehmen, zu groß war die Aufregung ihre Heimat wieder zu sehen. Schon immer plagten sie Probleme mit der Nahrungsaufnahme. Sobald Stella in Stress geriet, aß sie nichts mehr. Und als Sunna ihr die Nachricht vom Tod des Vaters überbrachte, schnürte sich auch Stellas Magen wieder zu. Sie war dünn, fast mager. Dank einer Therapie bekam sie dieses Problem allerdings ganz gut in den Griff. Doch als sie Sunnas Stimme plötzlich hörte, brachen die alten Wunden wieder auf.

Während sie ihre Handtasche packte, dachte sie an ihre Zwillingsschwester Sunna. Die Geschwister hatten sich seit zehn Jahren nicht gesehen. Sunna zog nie in Erwägung, ihre Schwester in New York zu besuchen. Über diese Tatsache war Stella froh, dennoch wusste sie rein gar nichts über ihre Schwester. Sie hatten sich entfremdet. Die Familie machte ihr am Anfang ihrer Flucht arge Vorwürfe und terrorisierte sie mit Telefonanrufen und Briefen. Es dauerte etwa ein Jahr, bevor Stella endlich zur Ruhe kam. Nun lebte sie relativ zufrieden in einem kleinen Haus in Queens, mit Hund, Katze und einem Wellensittich – jedoch ohne Mann. Nach den damaligen Ereignissen in ihrem Elternhaus, war Stella beziehungsunfähig und hielt sich, so gut es ging, von Männern fern.

'*Sunna*', schoss es ihr durch den Kopf. Stella wusste nicht einmal, ob ihre Schwester Kinder hatte. Bei dem Gedanken daran wurde es ihr speiübel. '*Ich hoffe, mein schlimmster Verdacht bestätigt sich nicht.*'

Stella lief diesmal die Treppen hinunter und ging ins Hotelrestaurant. Während sie genüsslich ihren Fisch verzehrte, ließ sie erneut vergangene Tage Revue passieren. Gedankenverloren führte sie mechanisch die Gabel zum Mund und sah sich plötzlich als Zehnjährige an einem Küchentisch aus weißem Kunststoff sitzen. Über ihrem rechten Auge war ein Pflaster geklebt, und ihre

Wange war rot und geschwollen. Sie wagte nicht, laut zu weinen. Stattdessen schluchzte sie nur leise vor sich hin, während sie ihren Haferbrei aß. Die Tränen tropften in die lauwarme Milchsuppe, und obwohl Stella keinen Hunger hatte, musste sie diese verhasste Pampe in sich reinwürgen. Sunna saß ihr gegenüber und grinste schadenfroh. Stella sagte nicht ein einziges Wort. Unter den strengen Augen ihres Vaters schlürfte sie Löffel für Löffel den gräulichen Haferschleim. Als der Teller endlich leer war, brachte ihre Mutter sie ins Bett. Sie sprach nicht, aber sie streichelte Stella über das Haar. Es war ein winzig kleiner Liebesbeweis, doch für das Kind bedeutete er die Welt. Wie gerne hätte sie sich in die Arme ihrer Mutter geworfen und sich ausgeweint. Aber *Er* ließ das nicht zu, so wie *Er* nie irgendwelche Nähe zuließ. Außer, wenn er des Nachts... Stella lief ein Schauer über den Rücken und sie schloss die Augen. Hatte sie eigentlich Sunna jemals weinen sehen? Sie kramte in ihrem Gedächtnis. *'Nein'*, überlegte sie. *'Sunna hat nie geweint. Sunna ließ sich sowieso nie irgendein Gefühl anmerken.'*

Stella spülte den letzten Bissen mit einem Schluck Bier hinunter. Die Müdigkeit in ihren Knochen verstärkte sich. Träge saß sie auf dem Stuhl, betrachtete die goldgelbe Flüssigkeit im Glas und überlegte, ob sie nicht doch ins Bett gehen sollte. Doch ein Blick ins Freie genügte, und sie wusste, dass sie wahrscheinlich kein Auge zu bekam. Die Sonne war noch nicht untergegangen. Bis auf wenige Stunden würde es die ganze Nacht hell sein und nicht unbedingt förderlich auf ihren Schlaf wirken. Für viele war es ein langer Weg des Gewöhnens, dass es im Sommer ununterbrochen hell und im Winter fast ausschließlich dunkel war. Die langen Wintermonate waren einsam und still. Außerhalb der Städte war kein Geräusch zu hören, außer das Rauschen des Meeres und des Windes. Die Seevögel zogen in den Süden, und andere Wildtiere gab es auf der Insel kaum. Es gab nichts, außer Lavafelder, Steine und die endlose Weite. Zu ihrer Anfangszeit in New York wünschte sich Stella das ein oder andere Mal zurück in diese einsame Weite. *The Big Apple* schlief nie. Lichter, Autos, Menschen – das alles jagte Stella einen furchtbaren Schreck ein. Sie fühlte sich verlassen inmitten Millionen von Menschen. Sie war doch nur ein verschüchtertes Mädchen vom Land, das aus der Einsamkeit kam. Im Nebenappartement des schäbigen Wohnhauses, welches sie bezog, wohnte eine junge Frau, die aus Polen stammte. Sie war auch neu in der Stadt und ebenso verloren wie Stella. Sie war die einzige Person, mit der Stella Kontakt hatte, und die beiden Frauen halfen sich gegenseitig und besuchten gemeinsam eine Sprachschule. Stella wusste nicht, warum sie genau jetzt daran dachte. Sie konnte sich nicht einmal mehr an den Namen der Frau erinnern, geschweige denn wusste sie, was aus ihr geworden war.

Mühsam erhob sie sich. Ihre Glieder waren schwer, doch sie wollte unbedingt noch ans Meer schlendern. Sie nickte der Kellnerin kurz zu und verließ das Hotel.

Bis zum Hafen war es nur ein fünfminütiger Fußmarsch. Das sanfte Rauschen des Ozeans drang an ihr Ohr, und ein fischiger Geruch schlug ihr entgegen. Sie setzte sich auf eine Bank, die auf der Promenade stand, und ließ die Ruhe des Wassers auf sich wirken. Es war ausnahmsweise fast windstill, und das Meer glatt wie ein Spiegel. Nur vereinzelt brachen sanfte Wellen an den Klippen, um sich danach mit beruhigendem Rauschen wieder zurückzuziehen. Das kalte Wasser des Atlantiks schimmerte in einem tiefen Türkiston. Die kräuselnden Schaumkronen suchten ihren Weg zum Ufer, doch bevor sie dieses erreichten, zerschellten sie an den schroffen Felsen. Über Stellas Kopf jagten Möwen durch die Lüfte und vollführten wahre Kunststücke in der lauen Brise. Sie lauschte den Schreien der Seevögel und fragte sich, was sie ihr wohl mitteilen wollten. Etwa zweihundert Meter entfernt kräuselte sich die Wasseroberfläche und augenblicklich drehten die Möwen ab und flogen zu jener Stelle. Wahrscheinlich erwarteten sie einen Wal, die – wie Stella wusste – hin und wieder ganz nah an die Küste kamen. Mit etwas Glück konnte man sie sehen. Doch heute blieb es ruhig, obwohl Stella sich wünschte, die Riesen der Tiefe würden sich blickenlassen.

An der Küste zogen sich mehrere kleine Ortschaften entlang: Njardvik, Grindavik und Vogar. Stella konnte die Häuser in der Ferne sehen, wie sie friedlich eingerahmt von dem Vulkangebirge, die Küstengebiete säumten. '*Gab es dort noch andere Familien wie ihre? Welche Probleme und Geheimnisse verbargen sich hinter den geschlossenen Gardinen der kleinen Einfamilienhäuser, vor denen lachend Kinder tobten?*' Stella hoffte im Stillen, dass die Kleinen eine schönere Kindheit genossen als sie selbst. Ihre eigene Familie war schon immer anders gewesen als die Anderen. Weit außerhalb des Dorfes hatten sie gelebt. Die Kinder wuchsen in der Abgeschiedenheit einer Schaffarm auf, und selbst wenn sie sich hätten wehren wollen, es wäre niemandem aufgefallen. Ein kleiner Anflug von Neid überkam Stella, als sie an die hübschen und gepflegten Häuser dachte. Wie gerne wäre sie in solch einer Umgebung aufgewachsen. Wie gerne hätte sie andere Eltern gehabt, einen anderen Vater als Jón Balðursson.

Jón Balðursson! Dieser Name hing wie ein Damoklesschwert über ihr. Doch nun war er tot und mit ihm hoffentlich all ihre Probleme. Sie würde ihn beerdigen und dann nie wieder einen Gedanken an ihn verschwenden.

„Du hast den Tod verdient, Jón Baldursson“, murmelte Stella lauter, als sie eigentlich wollte. Den Namen auszusprechen, versetzte ihr einen Stich. Sie wollte ihn abschütteln, wegwaschen, ausbrennen aus ihrem Dasein. Doch so sehr sie sich auflehnte, Jón Baldursson würde immer ein Teil von ihr sein.

Stella presste die schmalen Lippen aufeinander. Sie verspürte den Drang, zu schreien. Ihre Wut und ihren Hass der ganzen Welt mitteilen. Nur mit Mühe rang sie eine aufsteigende Panikwelle nieder. Sie hätte nicht kommen sollen. In dieses verhasste Land, zu ihrem verhassten Elternhaus.

„Warum bin ich hier?“, flüsterte sie in die laue Abendbrise, doch eine Antwort gab es nicht.

Ein Touristenpärchen schlenderte, bewaffnet mit einer Kameraausrüstung und Trekkingkleidung, die Promenade entlang und nickte Stella freundlich zu. Zu dieser Jahreszeit war die Insel keinesfalls verschlafen und ruhig. Die Hotels waren ausgebucht, die Restaurants und Diskotheken überfüllt und die isländischen Jugendlichen drehten allabendlich ihre Runden in den Kreisverkehren. Auf einer Strecke von etwa zwei Kilometern fuhr ein Konvoi von hupenden Autos über zwei Stunden immer wieder denselben Kreis. Man hörte dröhnende Musik und sah lachende Gesichter hinter den Frontscheiben. Hin und Her. Vor und zurück. Ein Zwischenstopp an einem Burgershop schien der Höhepunkt des Abends zu sein, bevor langsam wieder Ruhe einkehrte. Stella wünschte sich plötzlich, in einem von diesen Wagen zu sitzen und unbeschwert lachen zu können. Als sie in dem Alter war, um mit Gleichaltrigen Spaß erleben zu können, schuftete sie stattdessen auf dem heimatlichen

Hof. Es war jedes Jahr derselbe Ablauf. Im März wurden die Schafe und Pferde auf die Weiden gelassen, und im September holte man sie wieder rein. Dann wurde geschlachtet, und Stella verabscheute es. Seit sie in Amerika lebte, hatte sie nie wieder Lammfleisch gegessen und würde es auch nie im Leben wieder tun.

Manchmal schlachtete ihr Vater auch die Pferde und Fohlen. Stella weinte stets bitterliche Tränen, wenn sie gezwungen wurde, beim Töten der Tiere dabei zu sein. Ihr Vater verpasste ihr des Öfteren eine Ohrfeige und hatte sie dabei angebrüllt, sie solle aufhören zu flennen. *Er* kannte kein Erbarmen. Wenn Stellas Mutter die Fohlensteaks zubereitete und Stella sich mit Händen und Füßen dagegen wehrte, auch nur einen einzigen Bissen von dem Fleisch zu probieren, hielt der Vater ihren Kopf in seinen riesengroßen Händen, und stopfte ihr das Essen in den Mund. Nachdem sie die qualvolle Mahlzeit hinter sich gebracht hatte, lief Stella, ohne einen Mucks von sich zu geben, ins Bad und erbrach sich. Danach verkroch sie sich in ihr Bett, zog die Decke über den Kopf und weinte sich leise wimmernd in den Schlaf. Seit dieser Zeit litt sie ständig unter Magenproblemen. Kaugummis und Pfefferminzbonbons waren ihren ständigen Begleiter, denn sie halfen, den aufsteigenden Würgereiz zu unterdrücken. Schon der kleinste Gedanke an ihre Familie genügte und Stella spürte, wie die heiße, brennende Säure ihren Magen verließ und sich einen Weg durch die Speiseröhre bahnte.

Stella ließ den Blick zum Horizont schweifen. Kleine Sonnenfunken tanzten auf der Wasseroberfläche und glitzerten wie Diamanten. In der untergehenden Sonne tuckerten friedlich ein paar Fischerboote aufs offene Meer. Morgen früh würde der reichhaltige Fang am Hafen abgeliefert, und durch das Gebiet der Geruch von Fischabfällen ziehen, während vom Geschrei der Seevögel begleitet, die Hafenarbeiter und Fischer Kiste für Kiste ihrer wertvollen Fracht von den Schiffen abluden. Dieses Schauspiel würde mit Sicherheit einige Touristen anziehen, die Fotos fürs Familienalbum schossen.

In den Klippen, die sich an der gesamten Küste entlang zogen, standen noch vereinzelte Angler. Stella hörte ihr Gelächter und die gedämpften Stimmen. Das Meer gab genug Nahrung und Fisch für jedermann – egal, ob man nur seine Angel auswarf oder mit einem der kleinen Boote die Küste abfuhr.

Stella fröstelte. Sobald die Sonne untergegangen war, wurde es schlagartig kalt. Die anbrechende Nacht schimmerte in einem diffusen Licht, und um vier Uhr morgens würde sich die Sonne schon wieder in ihrer vollen Pracht zeigen. Der Rest der Nacht ähnelte der Abenddämmerung. Als Stella gleich dreimal hintereinander herzhaft gähnte, entschied sie sich für den Rückzug. Sie schlenderte die Promenade entlang, traf wieder auf das Touristenpaar und schlug dann gemeinsam mit ihnen den Weg zum Hotel ein.

Kapitel 3

Obwohl Stellas Wecker ein paar Mal schellte, verschlief sie. Sie stöhnte, als sie ihre Augen öffnete, und rieb sich die Schläfen. Der Flug und die Zeitumstellung saßen ihr in den Knochen. Sie streckte sich ausgiebig, nahm eine heiße Dusche und packte ihre Tasche zusammen. Nach einem schnellen Frühstück, welches in der Hauptsache aus drei Tassen Kaffee bestand, ging sie zu dem Mietwagen und stieg ein. Einen Moment lang hielt sie sich am Lenkrad fest, als wäre es ein Rettungsring, der sie vor dem Ertrinken bewahrte. Nun wurde es ernst. Es gab kein zurück mehr.

„Ich muss da jetzt durch", murmelte sie.

Sie hatte nicht vor in einem durchzufahren, auch wenn die Strecke an einem Tag zu schaffen war. Doch sie wollte den Moment des Wiedersehens so lange wie möglich herauszögern.

Mit einem abgrundtiefen Seufzer drehte sie langsam den Schlüssel im Zündschloss herum und startete das Auto. Bevor Stella das Gaspedal durchdrückte, atmete sie noch einmal kräftig durch und hoffte, die Geister der Vergangenheit würden sie in Ruhe lassen.

Sie fuhr durch den morgendlichen Verkehr auf der Hauptstraße und hielt noch kurz bei *Bónus*, einer landesweiten Supermarktkette, um sich belegte Brote und Coca Cola zu kaufen. Danach machte sich auf den direkten Weg über die Schnellstraße nach Reykjavik. Stella wollte wenigstens einen kurzen Stopp bei den vielen Boutiquen auf dem Laugarvegur, der beliebtesten Einkaufmeile in Island, einlegen. Auch wenn sie, was Mode anging, aus New York verwöhnt war, die isländische Mode war schon etwas Besonderes. Außerdem drängte sie ein Gefühl, etwas nachholen zu müssen. Sie war mit Sicherheit die einzige Isländerin, die fast keinerlei Erinnerung an die Hauptstadt hatte.

Gut gelaunt parkte Stella den Wagen auf einem Parkplatz beim Hafen und ließ ihren Blick über die Bucht schweifen. Am Pier drängelten sich Touristen, die einer Walbeobachtungsfahrt aufgeregt entgegensahen. Nachdem sie einen Parkschein gezogen hatte, kaufte sie sich einen Hot Dog an einer der besten Fast Food Buden in Reykjavik. Da dieser kleine Stand sogar einen Platz in weltweiten Reiseführern innehatte, fühlte Stella sich gedrängt, das heiße Würstchen mit den Hot Dogs aus New York zu vergleichen. Einen Senffleck auf ihrem T-Shirt später lief sie durch Downtown und fühlte sich mehr wie eine Touristin, als eine Einheimische. Sie genoss das Flair der kleinen Hauptstadt und machte hier und da ein paar Schnappschüsse. Stella wunderte sich, wie schnell sie wieder in ihre Sprache zurückfand, obwohl sie seit zehn Jahren kein einziges isländisches Wort mehr gesprochen hatte. In den winzigen Geschäften hielt sie Smalltalk mit den Verkäufern und kaufte sich unnötigerweise ein überteuertes Paar Schuhe. Am Nachmittag machte sich wieder auf den Weg, Richtung elterlichem Hof. Stella hatte sich in dem kleinen Fischerdorf Vik an der Südküste ein Zimmer reserviert und kam am späten Abend dort an. Vik lag etwa 150 Kilometer von Reykjavik entfernt und die Strecke führte Stella an Selfoss vorbei. Danach ging es immer schnurgerade linker Hand an hohen Bergen, aus denen sich Wasserfälle in die Tiefe stürzten, und dem Meer auf der rechten Fahrerseite, vorbei. Unzählige Wohnmobile, mit meist deutschen Autokennzeichen, passierten Stellas

Weg. Unwillkürlich fragte Stella sich, was diese Menschen dazu trieb, mit ihrem eigenen Gefährt eine Strecke von mehreren tausend Kilometern über den Atlantik auf sich zu nehmen? Welche Empfindungen hegten die Touristen, wenn sie Island zum ersten Mal betraten? Einige Wohnmobile hatten am Straßenrand gehalten, und die Leute standen davor, streckten ihre Glieder oder filmten die abendliche Stimmung mit ihrer Videokamera. Augenscheinlich waren sie begeistert, doch wären sie das auch noch, wenn sie wüssten, welche Geheimnisse sich im rauschenden Wasser verbargen? Einst hatte auch Stella das Meer geliebt, doch dann kam der Tag an dem... Stella fuhr sich angespannt durch das blassrote Haar und wischte den Gedanken weg. Jeder Mensch hatte seine eigene Geschichte. Tragödien wie ihre gab es weltweit. *Nur Er trägt die Schuld daran. Es ist ganz alleine Jón Balðurssons Schuld!'* Stella gab Gas. Sie wollte weg von den lachenden Gesichtern der Touristen und sich im Selbstmitleid ertränken.

In der Nacht lag sie lange wach und starrte in das Zwielicht, das durch die Vorhänge schien. Vor ihrem geistigen Auge sah sie zwei kleine, rotblonde Mädchen lachend über eine Wiese laufen. Sie war das eine Kind. Das andere Mädchen war Sunna. Es war einer der wenigen Augenblicke, in denen sie mal ausgelassen sein konnten. In denen sie Kinder sein durften. Immer wenn ihr Vater auf dem Feld arbeitete, brauchten die Zwillinge keine Angst zu haben. Ihre Schwester war von jeher die Anführerin gewesen. Sie behauptete, da sie fünf Minuten älter als Stella war, sie wäre die große Schwester und hätte das Sagen. Stella lehnte sich nie dagegen auf. So, wie sie sich nie gegen etwas auflehnte. Sunna hatte permanent Unsinn im Kopf, und wenn sie erwischt wurden, bekam Stella die Schuld. Sunna machte sich einen Spaß daraus, ihre Schwester anzuschwärzen und genoss es sichtlich, wie Stella vom Vater bestraft wurde. Ihr Vater prügelte gerne und viel. Stella erinnerte sich, dass ihre Mutter auch ständig blaue Flecken im Gesicht davontrug und sogar einen Zahn verlor. Doch sie schwieg sich darüber aus und ertrug ihr Schicksal. Je mehr Stella darüber nachdachte, desto mehr wunderte sie sich, dass Sunna nie blaue Flecken hatte. Sie war die Einzige, die sich mit dem Vater verstand und diesen Menschen abgöttisch liebte. Sie bettelte fast um die Aufmerksamkeit des abscheulichen Mannes und tat alles, um ihn zufrieden zu stellen. Schon als kleines Mädchen wusste Sunna ganz genau, wie sie ihren Vater um den Finger wickeln konnte. Sie weinte nicht, wenn er zu ihr kam oder sie mit ins Wohnzimmer auf seinen Sessel nahm. Es war nicht recht! Dass was er dort mit seinen Töchtern trieb, sollte kein Vater seinen Kindern antun. Ihre Mutter war machtlos gegen dieses abartige Treiben und stellte sich ihm nie in den Weg. Niemand eilte ihnen zur Hilfe. Jón Balðurssons Treiben blieb ungestraft.

Stella hatte auch noch einen Bruder, der als Kind aber auf tragische Weise ums Leben kam. Man fand seinen zerschmetterten, kleinen Körper eines Tages am Fuße der Klippen. Stella und Sunna waren damals zehn Jahre alt, und ihr Bruder Balður fünf Jahre. Niemand konnte sich erklären, wie der Junge die steilen Klippen hinuntergefallen war. Auch wusste die Mutter nicht, warum er überhaupt morgens alleine aus dem Bett ge- krochen war. Nach diesem Ereignis war die Familie noch mehr zerrüttet. Der Vater wurde, soweit dies über- haupt möglich war, noch brutaler und unzugänglicher. Stellas Mutter alterte um Jahre und bekam schwerste Depressionen. Wie über Nacht durchzogen graue Strähnen ihr haselnussbraunes Haar und sie war gerade erst Anfang dreißig. Einzig Sunna schien die Tragödie nicht sonderlich zu berühren. Stella glaubte sogar zu sehen, wie Sunna bei der Beerdigung verstohlen grinste. Auf dem Heimweg vom Friedhof nahm Sunna die Hand ihres Vaters und schmiegte sich an ihn. Stella wurde bei diesem Anblick schlecht, und sie musste an sich halten, um sich nicht auf der Stelle zu übergeben. Zum wiederholten Mal fragte sie sich, woher dieses innige Verhältnis kam? Nach der Beerdigung zog sich der Vater in den Schafstall zurück. Er betrank sich mit selbst gebranntem Schnaps und prügelte anschließend seine Frau besinnungslos. Natürlich gab er ihr die Schuld am Tod seines Sohnes und schimpfte sie eine Schlampe, die nicht fähig war, auf ihre Kinder aufzupassen.

Als die Zwillinge zwölf Jahre alt wurden, erwachte Sunna eines Nachts mit heftigen Schmerzen im Bauch. Sie schrie wie am Spieß und Stella hielt sich verängstigt die Ohren zu. Leise Tränen rannen ihr über das Gesicht. Wie kleine Perlen tropften sie aus den traurigen, grünen Kinderaugen, doch sie blieb stumm. Fragte nichts, sagte nichts. Sie konnte nicht, ja, sie durfte nicht, wenn sie die Nacht heil überstehen wollte. Stumm starrte Stella auf ihre Schwester, die sich unter den unsagbaren Schmerzen wand, sich den Bauch hielt und wie am Spieß brüllte. Auch ihr ging es schlecht. Es kam Stella so vor, als wäre sie es, die dort lag und schrie. Sie fühlte mit Sunna, hatte Mitleid mit ihrer Schwester und teilte deren Schmerz. Vielleicht war sie froh, dass sie nicht an Sunnas Stelle war. Stella war mit der Situation völlig überfordert, vermochte kaum noch, einen klaren Gedanken zu fassen. Was war nur geschehen? Das Einzige, was Stella sicher wusste, *Er* musste etwas damit zu tun haben. Denn nur *Er* konnte seiner Familie solche Schmerzen zufügen.

Jón brachte Sunna aus dem Haus, und Stella erfuhr nie, was wirklich geschehen war. Ihre Mutter verbot ihr, das Bett zu verlassen und wechselte eilig das Laken von Sunnas Bett. Stella erhaschte einen Blick auf einen großen Blutfleck, der sich auf dem Laken ausgebreitet hatte. Ihre Mutter mahnte sie zum Stillschweigen und duldete keine Fragen. Also hielt Stella den Mund. Am nächsten Tag kam Sunna wieder und hütete das Bett. Sie war blass, ausgezehrt und redete nicht. Stella erkannte in den Wochen danach ihre Schwester kaum wieder. Sie war nur noch ein Schatten ihrer selbst. Auch E*r* veränderte sich. Im Haus wurde kaum noch gesprochen, beide Eltern liefen mit jämmerlichen Trauermienen durch die Gegend, und Stellas Mutter wurde noch verhärmter. Alles begann sich, irgendwie aufzulösen. Sunna war nur noch eine Schattengestalt, niemand schenkte ihr Beachtung. Wenn Stella mit Sunna darüber sprach, wurde diese unendlich wütend. Jòns ganze Aufmerksamkeit gehörte nun Stella. Sunna war rasend vor Wut und Eifersucht. Stella konnte die Zuwendungen ihres Vaters kaum ertragen und zog sich immer mehr in ihre eigene Welt zurück. Über den Vorfall mit Sunna sprach nie irgendjemand ein Wort und Stella wusste bis zum heutigen Tage nicht, was damals wirklich geschehen war.

Etwa ein Jahr später wurde die Mutter erneut schwanger, und Stella wünschte ihren Vater zum Teufel. Es machte sie zornig, dass er seine Frau immer noch anpackte, und nun sollte ein weiteres Kind in diese Hölle hinein geboren werden. Doch nach einem Sturz von der Treppe – wie dem ortsansässigen Arzt mitgeteilt wurde – starb das Baby noch im Mutterleib. Seit jener Zeit wurden die Depressionen von Stellas Mutter immer schlimmer. Sie war kaum mehr in der Lage, ihre täglichen Arbeiten zu erledigen. Daher verwunderte es niemanden, dass sie sich kurz nach Stellas Verschwinden das Leben nahm. Sie stürzte sich von den Klippen, an genau jenem Punkt, wo schon Stellas Bruder den Tod gefunden hatte.

Tränen liefen Stella über das Gesicht. Eingerollt wie ein Fötus lag sie in ihrem Bett und wischte sich die laufende Nase am Ärmel ihres gestreiften Pullis ab. Sie hatte lange nicht geweint. Verdrängte alles, was mit ihrer Vergangenheit zusammenhing. Jetzt brach es wieder auf, und sie musste sich diesen Geistern stellen. Ihre Therapeutin, die wohl als Einzige um Stellas wahre Herkunft wusste, überredete sie dazu. Nur auf Anraten der Ärztin entschied sich Stella, diese Reise zu unternehmen. Sie brauchte lange, um sich überhaupt jemandem anzuvertrauen. Als Stella mit knapp achtzehn Jahren mit nur ein paar Dollar in den Taschen in New York ankam, bezog sie eine billige Absteige und arbeitete in einem Fast Food Restaurant. Sie sprach mit niemandem ein Wort, saß allabendlich daheim und übte englisch, damit sie ihren Akzent los wurde. Sie wollte nicht auffallen, sich mit keinem unterhalten und lästige Fragen beantworten. Stella änderte ihren Namen von Jónsdottir in Jones. Ihren ersten Vornamen Hjördis ließ sie komplett weg. Erst danach fühlte sie sich langsam freier. Sie schüttelte endlich jeglichen Gedanken an Sunna ab und zerschnitt das imaginäre Band zwischen ihnen.

Da die meisten Leute nur sehr wenig über Island wussten, nahmen sie einfach an, Stella sei Schwedin. Stella ließ sie in dem Glauben. Ein paar Jahre später erhielt sie die amerikanische Staatsangehörigkeit. Danach interessierte sich niemand mehr dafür, woher sie eigentlich kam. Stella sparte jeden Cent, den sie verdiente, und besuchte das College. Als sie den Abschluss in der Tasche hatte, bekam sie einen Job in einer Werbeagentur, wo sie bis zum heutigen Tage beschäftigt war.

Nur zaghaft freundete sich Stella mit einigen ihrer Kollegen an. Doch sie stellte fest, dass sich keiner um ihre Vergangenheit kümmerte und so öffnete sie sich. Mittlerweile hatte sie sich komplett in New York integriert und sah es als ihre Heimat an. Vor drei Jahren fasste sie sich ein Herz und suchte eine Psychiaterin auf. Endlich sprach sie mit jemandem über ihre Erlebnisse. Und jetzt war sie hier und musste ihre ganze Kraft aufbringen, diese zwei Wochen durchzustehen. Je näher Stella ihrer Heimat kam, desto beklemmender wurde das Gefühl in ihrer Brust.

Der Tränenfluss steigerte sich in hemmungsloses Schluchzen, bis schließlich das Kopfkissen nass war. All die angestauten Emotionen, Kränkungen und Verletzungen kamen in Stella hoch und quollen aus ihr heraus, wie spontanes Nasenbluten. Sie ließ es geschehen. Eine andere Wahl hatte sie auch nicht. Der Knoten löste sich langsam, und Stella nahm sich vor, zum ersten Mal nicht mehr wegzulaufen. Sie wollte sich den Dämonen ihrer Vergangenheit stellen, um sie dann gemeinsam mit ihrem Vater endgültig zu beerdigen.

Kapitel 4

Durch das offene Fenster drang das Rauschen des Meeres und Stella glitt in einen sanften Schlaf. Sie träumte von ihrem Haus in Queens, von ihren Freunden und ihren Tieren. Dazwischen drängte sich jedoch immer wieder das rote, aufgedunsene Gesicht ihres Vaters, der seinen Gürtel aus der Hose zog und damit auf sie eindrosch. Kalte Augen blickten auf sie herab, während er immer wieder den Lederriemen auf ihren jungen Körper schlug. Auf Stellas schlafendem Gesicht machten sich Falten breit. Die dicke Furche zwischen ihren Augenbrauen vertiefte sich immer mehr. Selbst im Schlaf war sie ständig auf der Flucht. Sie befand sich in einem Kampf, den sie nie hatte gewinnen können. Niemals würde sie das vergrämte Gesicht ihrer Mutter vergessen, als diese merkte, dass Stella Island verlassen wollte. Doch sie half Stella bei der Flucht, indem sie ihr Geld gab. Stella wollte sich nicht ausmalen, welche Strafe ihre Mutter dafür erhielt. Es war das erste Mal, dass sich ihre Mutter gegen Jòn auflehnte und das in einer Art und Weise, wie sie Stella nie für möglich gehalten hätte. Als sie sich von den Klippen stürzte, keimte in Stella sogar für einen Augenblick der Verdacht, dass ihr Vater etwas damit zu hatte. Aber wer wollte ihm etwas nachweisen? Dummerweise hielt sie den Kontakt zu ihrer Mutter aufrecht, und als ihr Vater eines Tages einen Brief von ihr fand, belästigte er seine Tochter fast tagtäglich. Er rief mitten in der Nacht an, schickte ihr Briefe, die vor Schimpfwörtern nur so wimmelten, und drohte sogar, sie umzubringen. Ja, er wäre dazu fähig gewesen, wenn er nur weit genug an sie herankam. Sie dachte eigentlich, sie hätte für alle Zeiten die Fesseln ihrer Vergangenheit gelöst, doch Jòn belehrte sie eines Besseren. Stella zog aus ihrem Appartement aus, ließ sich eine Geheimnummer geben und brach alle Brücken hinter sich ab.

Viel Zeit zum Durchatmen bekam sie aber nicht. Als sie dachte, sie könne sich in Sicherheit wiegen und nie wieder einen Gedanken an Island verschwenden müsse, meldete sich ihre Schwester. Stella war bis heute nicht klar, wie Sunna das angestellt hatte. Sie schaffte es aber, irgendwie Stellas neue Adresse herauszufinden. Nur ein paar Monate später erhielt Stella erneut Nachricht aus Island. Sunna teilte ihr in knappen Sätzen mit, dass ihre Mutter sich das Leben genommen hatte. Stella trauerte aufrichtig, doch sie flog nicht zur Beerdigung. Ihre Mutter war jetzt frei und würde nie wieder Schläge, Misshandlungen oder obszöne Beleidigungen ertragen müssen. Ein klein wenig beneidete Stella ihre Mutter darum. Wie oft stand sie als Kind und Jugendliche am Rande der Klippen und malte sich aus, wie es wäre, in den eisigen Fluten zu versinken? Immer wenn ihr Vater wieder einmal seine Wut an ihr ausließ, lief Stella zum Meer. Sie stand bei den Klippen und weinte heiße Tränen. Wünschte sich, die Arme auszubreiten und zu springen. Wie viele verzweifelte und verdammte Seelen schwammen in der Unendlichkeit des Ozeans? Würden sie ihr wohlgesonnen sein, wenn sie zu ihnen stieße? Dann drehte Stella sich um und fragte sich, ob sie jemand vermissen würde. Sie sah das rote Holzhaus mit dem Wellblechdach und wünschte sich weit fort. Ihr Herz blutete vor Schmerz und doch sprang sie nicht. Sie würde die Seelen, die auf sie warteten, vertrösten müssen.

Stella zuckte im Schlaf zusammen und wühlte, von schrecklichen Alpträumen geplagt, in ihrem Bett herum. Mehrmals schrie sie sogar auf, bis sie letztendlich früh am nächsten Morgen schweißgebadet erwachte. Als sie auf die Uhr schaute, stellte sie fest, dass es vier Uhr in der Früh war. An Schlaf war jedoch nicht mehr zu denken. Sie entschied sich dafür, aufzustehen und Kaffee zu kochen. Während die Kaffeemaschine ihre Arbeit tat, huschte Stella unter die Dusche. Sie wollte noch einen Abstecher zu dem einzigartigen, schwarzen Sandstrand in Vik machen und dann weiterfahren. Die Sonne war bereits aufgegangen und tauchte den kleinen Fischerort in ein mystisches Licht. Stella füllte den heißen Kaffee in einen Thermobecher, verfrachtete ihr Gepäck in ihren Wagen und lief zum Strand. Der Ort schlief noch, und die kleinen Häuschen, die verstreut das Ortsbild prägten, strahlten einen ungemeinen Frieden aus. Es gab viele winzige Ortschaften und Dörfer auf Island, doch Vik gehörte mit zu den schönsten. Es hatte etwas Mystisches. Der schwarze Sand schimmerte wie feiner Diamantenstaub in der aufgehenden Sonne. Die unzähligen Höhlen, die sich in dem gigantischen Felsengebirge befanden, sahen aus, wie riesige Mäuler, bereit, jeden der sie zu betreten wagte, in ihr dunkles Inneres zu ziehen.

Die ersten Möwen waren in der Luft und begrüßten mit ihrem krächzenden Gesang den jungen Tag. Über dem Meer lag noch der morgendliche Nebeldunst, der wie ein undurchdringbarer Schleier auf die Küste zuschwebte. In den mächtigen Basaltfelsen, die den Strand einbetteten, flogen Eistaucher aufgeregt hin und her. Die akrobatischen Flieger hatten in den schwindelerregenden Höhen der Felsen ihre Nester gebaut und huschten wie kleine Silberpunkte durch den Himmel. Wütende Wellen überspülten den Strand. Der Ozean war an dieser Stelle niemals ruhig. Die Schaumkronen glitzerten weiß und verschmolzen auf einzigartige Weise mit dem schwarzen Sand. Stella bekam etwas von der salzigen Gischt ins Gesicht und atmete tief durch. In der Ferne standen drei scharfzackige Felsformationen, die wie bedrohliche Zähne aus dem Meer ragten. Der Himmel im Hintergrund leuchtete in verschiedenen Rottönen, so wie sie nur die Natur zaubern kann. Der Ort hatte etwas Abstraktes, wie die Kulisse eines Fantasyfilmes.

Am Strand hatten Touristen Steine zu kleinen Kunstwerken aufeinandergestapelt. Diese „Steintrolle" waren in ganz Island zu finden und standen, wie stumme Zeugen, in der unwirklichen Landschaft herum. Eine vereinzelte Möwe machte am Strand einen Spaziergang und hinterließ kleine Fußspuren, die mit der nächsten Welle hinfort gespült wurden. In diesem Augenblick dachte Stella an die Vergänglichkeit der Dinge. Alles wandelte sich. Menschen änderten sich, doch die Erinnerungen an schlimme Zeiten blieben. Sie waren auf alle Ewigkeit in Herz und Hirn eingebrannt, und nur der Tod konnte sie vergessen machen.

Nachdem Stella die kühle Brise genossen und ihren Kaffee getrunken hatte, ging sie zurück zum Gästehaus. Sie legte den Zimmerschlüssel auf die Rezeption und fuhr los. In der Ferne sah sie bereits den Gipfel des Vatnajökulls. Die Wolken hingen noch tief und man konnte das gesamte Ausmaß des größten Gletschers Europas nur erahnen. Von jetzt an würde ihre Fahrt an den Ausläufern des mächtigen Gletschervulkans vorbeiführen. Die Nähe des großen Berges gab Stella ein Gefühl der Sicherheit. Es hatte etwas Tröstliches. Stella bildete sich ein, der Gipfel des Berges, der in einer Wolkendecke lag, würde beschützend auf sie niederblicken. Vom Ozean, der auf der rechten Seite lag, waberten Nebelschwaden auf die Straße. Es war Ebbe, und das Meer kaum zu sehen. Die Umgebung schien trotz der schwarzen Wolken, die weit über dem Meer heranzogen, zu leuchten. Doch es würde nicht regnen. Sobald sich der Nebeldunst verzog, würden auch die Wolken verschwinden. Das isländische Wetter war unberechenbar, doch Stella war sicher, dass ihr großer Beschützer den Regen fortjagte.

Sie legte noch einen kurzen Zwischenstopp an dem Gletschergebiet Jökulsarlon ein und bewunderte das blaue Eis, welches dort im kalten Wasser schwamm. Ein paar Seehunde steckten ihre Nasen durch die Wasseroberfläche und sahen Stella mit ihren kreisrunden, schwarzen Kulleraugen neugierig an. Stella hielt diesen Moment mit ihrer Kamera fest und konnte sich vom Anblick der niedlichen Tiere kaum losreißen. Doch die Zeit drängte. Sie musste nach Djupivogur, um ihren Vater zu beerdigen. Schweren Herzens machte sie sich wieder auf den Weg und beschloss, auf der Rückfahrt noch einmal hier Halt zu machen.

Am Ortseingangschild hielt Stella am Straßenrand an. Mitten im Nirgendwo war bereits im Mittelalter dieser verschlafene Ort entstanden. Deutsche Kaufleute hatten ihn gegründet, und aus dieser Zeit waren noch einige Gebäude vorhanden. Zur Rechten stand die kleine Kirche, die Stella schon in ihrer Kindheit besuchte. Ihre Mutter nahm die Kinder zu den Gottesdiensten mit, doch Jón hatte die Kirche nie betreten. Ein leises Lachen drang aus Stellas Kehle. *Wahrscheinlich befürchtete er, dass ihn die Strafe Gottes trifft, sobald er die Stufen betritt*, dachte sie grimmig.

Hinter der Kirche war ein Supermarkt der Kette Samkaup, ein hübsch angelegter Campingplatz, auf denen sich Touristen aus aller Herren Länder tummelten.

Gegenüber lag das Hotel. Es war der letzte Halt der Urlauber, bevor sie den Weg durch die Berge in den Osten antraten. Im Hafen, der das Ortsbild prägte, und der das Erste war, was man sah, schaukelten verschiedene Boote und kleine Schiffe. Einige Touristen sammelten sich bereits an einem dieser Schiffe, denn es würde sie nach Papey bringen. Auf der kleinen, vorgelagerten Insel lebten bis zum 9. Jahrhundert irische Mönche. Im Hintergrund des Dorfes stand die große Basaltpyramide Búlandstindur und schien über den Ort zu wachen. Etwas weiter außerhalb lag das Strandgebiet Teigahorn, wo wunderschöne Steine und Mineralien zu finden waren. Doch Stella stand nicht der Sinn nach bunten Steinen.

Sie stellte die Zündung aus und starrte durch die Frontscheibe. Sie war da! Angekommen in ihrer Vergangenheit. Sie fühlte sich, als hätte sie jemand unfreiwillig in eine Zeitmaschine gesteckt. Das beklemmende Gefühl keimte wieder in ihr auf. Nur noch wenige Minuten, und sie würde die Auffahrt zu jenem Hof hochfahren, den sie einst so überstürzt verließ. Jede Faser in ihrem Körper wehrte sich dagegen. Auf ihren Armen bildete sich eine Gänsehaut. Gleichzeitig litt sie unter Schweißausbrüchen. Schon in diesem Moment fühlte sie sich ausgelaugt. Es war, als würde dieser Ort ihr die gesamte Energie entziehen. Sie spürte, wie sie sich wieder in das kleine Mädchen von einst verwandelte. Eingeschüchtert und gedemütigt. Stella hatte Angst. Sie hatte panische Angst und das, obwohl ihr schlimmster Feind tot war. Verzweifelt versuchte sie, die aufsteigenden Tränen zu unterdrücken, doch es wollte ihr nicht gelingen. Wütend auf sich, dieses Land, den Hof und ihren Vater, brüllte sie laut los. Zornig schlug sie auf das Lenkrad ein, bis ihre Hände rot waren und schmerzten.

„Ich hasse dich!", schrie sie in die Stille des Wagens.

Schließlich ließ sie den Kopf auf das Lenkrad sinken, und verharrte einige Minuten in dieser Position. In ihrem Gedächtnis hörte sie die schweren Stiefel ihres Vaters, wenn er abends das Haus betrat. Schlagartig änderte sich die Stimmung. Ihre Mutter wuselte wie ein aufgeschrecktes Huhn durch die Küche. Versuchte, das Abendessen pünktlich zum Erscheinen des Hausherrn auf den Tisch zu bekommen. Die Mädchen schlichen auf ihre Plätze, darauf bedacht, keinen Lärm zu veranstalten. Und dann kam *Er*. Betrat die Küche wie ein wütender Stier, sah mit seinen winzigen, eiskalten Augen in die Runde und verpasste Stella einen Schlag auf den Hinterkopf. Sie wagte nicht, nach dem Grund zu fragen. *Er* brauchte keinen Grund dafür. Es bereitete ihm Freude, seine Familie zu quälen. Mit zittrigen Händen trug ihre Mutter das Essen auf. Wehe, wenn sie etwas verschüttete oder fallen ließ. Seine kleinen, gemeinen Augen verfolgten jede ihrer Bewegungen, als wartete er darauf, dass ihr ein Fehler unterlief. Er sprach nicht. Zeigte keinerlei Regung. *Er* war der uneingeschränkte Herrscher dieser Familie, und niemand lehnte sich dagegen auf.

Geräuschvoll stopfte er sich die Mahlzeit in den Mund. '*Wie ein Schwein*', dachte Stella und verzog angeekelt das Gesicht. Während er schmatzend und rülpsend kaute, fragte er seine Frau, ob sie alle Arbeiten erledigt hatte. Sie nickte nur stumm. Manchmal kam es vor, dass sie um etwas mehr Haushaltsgeld bat. Dann legte er die Gabel beiseite, stand ohne ein Wort zu sagen auf und zog seine Frau an den Haaren hinter sich her. Er machte keinen Hehl aus seiner Brutalität. Nahm keine Rücksicht auf die Kinder. Stella liefen Tränen über das Gesicht, als sie die unterdrückten Schreie ihrer Mutter aus dem Nebenzimmer vernahm. Sunna hingegen aß in aller Seelenruhe weiter. Es kümmerte sie nicht. Sie war schon genauso abgestumpft wie *Er*. Wenige Minuten später setzte er sich wieder an den Tisch. Teilnahmslos und frei von Schuldgefühlen. Er befahl seiner Frau, ihm haarklein aufzuschreiben, wofür sie das Geld ausgab. Das war wieder eine weitere Schikane von ihm. Er wusste ganz genau, dass seine Frau jede Krone zweimal umdrehte, bevor sie das Geld ausgab. Aber die Mädchen brauchten neue Schuhe und Schulhefte. Stella wusste, dass ihre Mutter einen anderen Weg finden würde, das Geld aufzutreiben. Das tat sie immer. Stella fragte sich oft, warum ihre Mutter diesen Mistkerl nicht einfach verließ. Alleine wären sie mit Sicherheit besser dran gewesen. Das ganze Dorf wusste über seine Machenschaften Bescheid, aber niemand verlor ein Wort darüber. Manchmal waren die Verletzungen im Gesicht der Mutter so heftig, dass sie einfach keine Möglichkeit hatte, sie abzudecken. 'Ob die Leute auch über die andere Sache etwas wussten?', geisterte es Stella durch den Kopf. Eigentlich war das auch egal. Ihre Familie war als asozial abgestempelt, und die Leute wagten sich nicht auf den Hof. 'Wie gut sie daran taten'.

Stella fasste sich wieder. Sie musste da jetzt durch. Was blieb ihr auch anderes übrig? Jetzt war sie hier und würde die Sache hinter sich bringen. Sie wollte endlich ein Leben ohne Angst, böse Träume und schlechte Erinnerungen führen und hatte es satt, von Antidepressiva und Schlaftabletten abhängig zu sein. Die Medikamente halfen ihr, doch Stella setzte sie bereits vor Wochen auf eigene Entscheidung ab. Ihre Therapeutin Elaine war dagegen, aber Stella wollte sich klaren Geistes ihrer Vergangenheit stellen. Sie musste es, wenn sie diesen Alptraum hinter sich lassen wollte. Bedrückt startete sie den Toyota und gab Gas.

Kapitel 5

Stella passierte das verwitterte und rostige Blechschild mit der Aufschrift Balðurshraun. Der Hof lag im Hinterland von Djupivogur inmitten eines Fjordes. Malerisch eingebettet von schroffen Klippen und Felsen. Jenen Klippen, die ihrer Mutter das Leben kosteten. Ein kleiner, schmerzhafter Stich fuhr durch ihre Eingeweide. Der Geist der Mutter war noch immer da, zumindest in Stellas Gefühlen. Als sie die Nachricht vom Tod ihrer Mutter erhielt, machte sie sich schlimmste Vorwürfe. Sie war der festen Überzeugung, schuld an dem Selbstmord zu sein. Dies teilte sie auch ihrer Psychologin mit. Elaine brauchte ihr ganzes psychologisches Wissen, um Stella von dieser fixen Idee abzubringen. Die Therapeutin war spezialisiert auf Patienten mit einem Kindheitstrauma, doch bei ihrer isländischen Patientin stieß sie an ihre Grenzen. Elaine zweifelte, dass es die ganze Wahrheit war; dass merkte Stella der Psychologin an. Wenn die Frage nach Sunna aufkam, blockte sie kategorisch ab. Es war auch schon vorgekommen, dass sie eine Sitzung verließ und brüllte, sie wolle nicht über Sunna reden. Trotz dieses Verhaltens riet Elaine ihr zu der Reise, doch Stella spürte, dass ihre Therapeutin an ihren eigenen Rat nicht recht glaubte. Sie meldete sich nicht mehr, nachdem sie Elaine vom Tod des Vaters berichtet hatte. Viel zu überstürzt und unvorbereitet buchte sie den nächsten Flug. Bei ihrer letzten Sitzung fühlte sich Stella wie verändert und berichtete emotionslos vom Tode ihres Vaters. Sie war sich wohl bewusst, dass Elaine besorgt um sie war. Es war nur allzu verständlich, dass sie keine tiefen Gefühle für ihren Vater hegte. Auf Elaines Frage, woher sie das wisse, lächelte Stella nur abwesend. „Er ist tot und das ist alles, was zählt!"

Stella lenkte den Wagen auf den Schotterweg zur Farm. Vorsichtig umfuhr sie die unzähligen Schlaglöcher und hörte Steine, die an das Bodenblech prallten. Es kam ihr so vor, als hätte sich nichts verändert. Als würde sie jedes einzelne, verflixte Schlagloch kennen. Es fühlte sich anscheinend nie jemand genötigt, die Straße auszubessern. Rechts und links waren die Weiden durch einen Drahtzaun abgetrennt. Dahinter standen vereinzelte Schafe, die kauend Stellas Wagen hinterherglotzten. *'Bald beginnt die Schur'*, ging es ihr instinktiv durch den Kopf. Sie mochte den Geruch von geschorener Wolle schon immer. Dieses kuschelige, weiche Material, dass nach der Schur gesäubert, gepresst und dann verschickt wurde. Es war harte Arbeit, doch die Zwillinge liebten sie.
Noch aufregender als die Schafschur waren die Geburten der Lämmer. Doch auch dieses eigentlich freudige Ereignis wurde in ihren Erinnerungen von Schmerz überschattet.
Sie war etwa neun Jahre alt, als ihr Vater ein verwaistes Lamm mitbrachte. Seine Mutter war in eine Felsspalte gestürzt und verendet. Stella bekam die Aufgabe zugeteilt, sich um das Lamm zu kümmern und es mit der Flasche großzuziehen. Wie stolz sie war. Nie im Leben hätte sie damit gerechnet, dass es nur eine Frage der Zeit war, dass auch dieses Schaf auf ihrem Teller landen würde. Fürsorglich kümmerte sie sich um das Tier, gab ihm den Namen Loki und war rund um die Uhr für das Lamm da. Loki folgte seiner kleinen Ziehmutter auf Schritt und Tritt. Als aus Loki ein ansehnlicher Schafbock wurde, nahm Jón das Tier und schlachtete es. Al-

les Flehen und Bitten von Stella blieb ungehört. Ein weiteres Mal verfluchte Stella ihren Vater, und ihr Hass wuchs stetig.

Die Pferdeställe kamen in Sichtweite. Zu dieser Jahreszeit waren sie leer, da die Pferde ebenfalls auf den Weiden grasten. Und dann erblickte Stella das, wovor sie sich die ganze Zeit gefürchtet hatte: ihr Elternhaus. Die einstige rote Farbe war abgeblättert und verblasst. Das Wellblechdach wies an einigen Stellen Löcher auf. Die Gardinen, die schlampig vor den Fenstern hingen, waren grau und schief und an einigen Fenstern waren gar keine Vorhänge mehr. Im Vorgarten lag der alte Anker, der noch von Stellas Großvater stammte. Er war mittlerweile jedoch überwuchert mit Moos und Unkraut. Die wenigen Bäume, die auf dem Grundstück standen, waren zumeist kahl. Sie trugen schon lange keine Früchte mehr, denn keiner pflegte sie. Auch die Gemüsebeete waren nicht mehr als Brachland. Seit dem Tod ihrer Mutter kümmerte sich niemand mehr um den Garten, und jetzt war er verwildert. Man hätte annehmen können, die Farm sei verlassen. Ein Hauch von Tod und Tristesse hing über diesem Stück Land.

Ein struppiger und schmutziger Border-Collie kam Stella entgegengelaufen. Er kam ihr seltsam bekannt vor, doch das mochte wohl daran liegen, dass fast jede Farm einen solchen Hund besaß. Das arme Tier war viel zu dünn, wie Stella mit einem Blick feststellte. Der Hund hatte den Schwanz eingeklemmt und bellte wie ein Verrückter. Stella lenkte den Wagen vor das Haus und stellte den Motor ab. Alles in ihr weigerte sich, das schützende Auto zu verlassen. Angelockt durch den Krach, den der Hund veranstaltete, kam eine Frau aus dem Haus. Stella erkannte ihre Schwester auf Anhieb. Mit herrischen Schritten, die Stella an ihren Vater erinnerten, betrat Sunna den Hof und zog dem lärmenden Hund mit dem Küchenhandtuch eins über. Winselnd verkroch sich das Tier im Haus und flüchtete hinter die Eingangstür. Stella zuckte zusammen, als hätte das Handtuch sie getroffen. Mit einem süffisanten Grinsen stemmte Sunna die Hände in die Hüften und wartete mit starrem Blick, bis ihre Zwillingsschwester das Auto verließ. Mit gemischten Gefühlen stieg Stella aus dem Toyota. In Gedanken ging sie die Begrüßung durch, die gleich folgen würde. Spulte wie ein Tonband immer wieder dieselben Worte ab. Seit Tagen zerbrach sie sich den Kopf über die richtige Begrüßung, als würde sie sich für einen wichtigen Vortrag vorbereiten. Als sie jedoch ihrer Schwester endlich gegenüberstand, erinnerte sich Stella nicht an eine einzige Silbe von dem, was sie sich zurechtgelegt hatte. Stattdessen verzogen sich ihre Lippen nur zu einem recht dümmlichen Lächeln.

„Na, da bist du ja endlich", begrüßte Sunna ihre Schwester knapp. „Wie war der Flug?"

Damit hätte Stella rechnen können. Ja, *sie hätte wissen müssen*, dass sich die Wiedersehensfreude in Grenzen hielt.

„Danke, gut", antwortete sie daher ebenso kurz. „Hat sich ja nicht viel verändert hier", meinte sie mit einem Rundblick über das Grundstück und es klang angewiderter, als Stella eigentlich wollte. Das war nicht das Wiedersehen nach zehn Jahren, wie sie es sich vorstellte.

„War ja keiner da, der was hätte machen können. Bin ja alleine mit Papa gewesen", gab Sunna vorwurfsvoll und beleidigt zurück.

Sie hatte sich noch keinen Zentimeter vom Fleck gerührt.

'Papa.' In Stella schwoll der alte Hass wieder an.

Die Zwillinge standen sich gegenüber und wussten nicht, was sie sagen sollten. Einst glichen sie sich wie ein

Ei dem anderen. Jetzt konnte selbst ein Blinder sie auseinanderhalten. Während Stella modisch und gepflegt daherkam, war aus Sunna eine verbiesterte, altbackene Frau geworden. Das Haar war stumpf und zu einem losen Zopf gebunden. Ihre Haut war rau und gerötet. Es handelte sich aber nicht um ein gesundes, frisches Rot. Stella sah sofort, dass hier Vaters selbst gemachter Schnaps seine Wirkung tat. Sunnas Augen blickten unzugänglich, und ihr Mund war zu einem Strich zusammengepresst. Ihre schwarze Kleidung wies unzählige Flecken und Löcher auf. Die Füße steckten in klobigen, braunen Gummistiefeln, wie einst ihr Vater sie trug. Sunna war mit ihren achtundzwanzig Jahren eine unansehnliche Frau. Das Leben mit dem Vater hatte sie vorzeitig altern und hart werden lassen.

Ein Anflug von Mitgefühl überkam Stella. Wie gerne hätte sie ihre Schwester einfach in die Arme genommen und gedrückt. Doch sie blickten sich an wie zwei Fremde. Taxierten sich wie zwei feindselige Hunde, jeden Moment bereit, aufeinander loszugehen.

„Na, dann komm mal ins Haus", unterbrach Sunna endlich das peinliche Schweigen. „Ich hab unser altes Kinderzimmer für dich vorbereitet. Ich nehme mal an, du bist Besseres gewöhnt. Aber das ist nicht das Hilton", sagte sie abfällig und musterte Stella von oben bis unten.

„Bin noch nie im Hilton gewesen", antwortete Stella grinsend und hoffte, die Situation würde sich lockern.

Sunna schnaufte nur als Antwort und stampfte in den unvorteilhaften Stiefeln voran. Stella zog ihren Koffer hinter sich her und ging ins Haus. Sunna machte keinerlei Anstalten, ihrer Schwester bei dem Gepäck zu helfen und so mühte sich Stella alleine damit ab. Ein eisiger Schauer lief ihr über den Rücken, als sie die muffige Diele betrat. 'Es sieht noch genauso aus wie damals', überkam es sie schockiert. Dieselbe fleckige Blumentapete, die sich mittlerweile von der Wand löste. Das Telefontischchen mit einem grünen Bezug auf dem dunklen Holz. Darauf stand ein altmodisches, orangefarbenes Wähltelefon. An der rechten Wand befand sich die Eichengarderobe, und gegenüber eine Bodenvase mit staubigen Kunstblumen. Der braune PVC–Boden war abgenutzt und dreckig, und der gesamte Eingangsbereich stank nach nassem Hund und angebranntem Essen. Stella schüttelte sich. Die Einrichtung war früher schon alt gewesen, aber sie war wenigstens sauber. Scheinbar hinterließ auch hier der Tod ihrer Mutter seine Spuren. Nichts war erneuert worden. Kein Detail verändert. Es war ein Dach über dem Kopf – mehr nicht. Kein gemütliches Heim, auf das man sich freute. An den Zimmerdecken hingen lange Staubfäden und Spinnennetze. Sunna hatte anscheinend nicht ein einziges Mal einen Besen in die Hand genommen. Stella verkniff sich eine Bemerkung darüber, denn sie wollte ihre Schwester nicht noch mehr aufbringen. Jedoch war sie enttäuscht darüber, dass ihr Besuch anscheinend bei Sunna kein Gefühl auslöste. Das Haus glich einer Ruine, die jahrelang nicht bewohnt worden war. Stella hegte die Hoffnung, dass wenigstens ihr Zimmer sauber war, doch der modrige Gestank schien schon jetzt an ihr zu haften. Es war eine Gruft. Alles war tot. Es gab kein Leben im Inneren der bröckelnden Steinmauern, unter dem aus morschen Holzbalken bestehenden Dach mit seinem klapprigen Wellblech.

Sunna stieg als Erste die steile Treppe ins Obergeschoss herauf. Jede Stufe gab ein knarzendes Geräusch von sich und Sunnas Schritte hörten sich an, wie bei einem übergewichtigen Mann. Einige Stufen waren lose und abgetreten und das Holzgeländer nicht mehr vollständig intakt. Die Bretter wackelten bedrohlich, als Stella aus Versehen dagegen stieß.

„Der Hund ist schön", meinte Stella, als der Border-Collie neugierig an ihrem Koffer schnupperte.

„Pah", machte Sunna abfällig. „Die Töle ist zu nichts zu gebrauchen. Der kann froh sein, dass wir ihn noch nicht ersäuft haben. Ist zu dumm, die Schafe richtig ins Gatter zu treiben. Er braucht ständig eins drüber, sonst pariert er nicht."

Stella schluckte schwer und beschloss, sich um den Hund zu kümmern. Scheinbar führte Sunna die Tradition des Schlagens munter fort, und da sie keine Kinder hatte, musste der Hund darunter leiden. Sie warf dem Tier einen mitleidigen Blick zu. Es war offensichtlich, dass er sich vor Sunna fürchtete. In ihr kochte Wut hoch. Sollte sie auch nur einmal sehen, wie Sunna den Hund schlug, konnte sie für nichts mehr garantieren.

'Aus mir ist doch auch ein anständiger Mensch geworden', schrie ihr Innerstes, doch stattdessen fragte sie:

„Wie heißt er denn?"

„Hund", gab Sunna zurück. „Ich geb' dem Vieh doch keinen Namen."

Stella war entsetzt. Was war nur aus ihrer Schwester geworden? Wenn sie es nicht besser wüsste, würde sie annehmen, dass sie nicht von denselben Eltern abstammten. 'Wir können unmöglich miteinander verwandt sein', dachte sie.

Endlich hatten sie die geradezu lebensgefährliche Treppe hinter sich gelassen und standen in dem schmalen Gang im Obergeschoss. Nur eine lose hängende Glühbirne erhellte den Raum ein wenig. Stellas Blick fiel auf die Türe zum elterlichen Schlafzimmer, die anscheinend irgendjemand eingetreten hatte. In dem verwitterten Holz klaffte ein großes Loch. Aus dem Bad hörte Stella einen tropfenden Wasserhahn, und die Toilettenspülung rauschte ununterbrochen. Sunna öffnete eine Tür, und Stella hielt den Atem an. Es war das ehemalige Kinderzimmer der Schwestern. Stella trat mit einem seltsamen Gefühl der Angst hinein und erlebte ein Deja-vú.

„Großer Gott, ihr habt ja wirklich gar nichts weggeworfen", entfuhr es ihr entgeistert. „Sag bloß, du hast die ganzen Jahre in diesem Zimmer gehaust?"

Sunna warf Stella einen verächtlichen Blick zu.

„Na, und wenn schon", blaffte sie. „Ich hab's nur zum Schlafen gebraucht. Und ein Bett steht drin, oder nicht?"

„Entschuldige", stammelte Stella. „Ich dachte nur ..."

„Was dachtest du?", fuhr Sunna dazwischen. „Dass du nach zehn Jahren hier wieder auftauchst und dir eine Meinung bilden kannst? Gar nichts weißt du. Rein gar nichts. Wir schwimmen nicht im Geld so wie du, Miss Amerika. Es war schon immer schwer, aber seit der Krise, ist es kaum noch zu schaffen. Und ich bin jetzt alleine. Also, *was* denkst du?" Sunna starrte ihre Schwester herausfordernd an.

„Es tut mir leid", antwortete Stella und schämte sich. Sunna hatte Recht. Sie war nicht in der Position, sich eine Meinung zu bilden. Schließlich war sie es ja, die den Hof verlassen hatte.

Mit einem „Pff", verließ Sunna das Zimmer und knallte die Türe hinter sich zu. Stella zuckte zusammen und hörte Sunnas laute Schritte auf der Treppe. Der Hund jaulte auf. Sunna hatte ihn getreten. Stella war sich nicht sicher, ob sie die vierzehn Tage durchstand. Dieses Haus machte einen verrückt, und wieder beschlich sie ein Anflug von Mitleid mit ihrer Schwester. Alles war heruntergekommen, menschenunwürdig. Stella begriff nicht, wie man so leben konnte. Es gab mit Sicherheit die Möglichkeit, auch mit wenig Geld das Haus instand zu halten. Wollte Sunna allen Ernstes bis an ihr Lebensende in dieser Bruchbude hausen? Sie musste doch sehen, dass sie am besten damit bedient wäre, wenn sie das Drecksloch abfackelte.

Seufzend hievte sie ihren Koffer auf das schmale Bett. In weiser Voraussicht – wie sie es immer auf Reisen tat – hatte sie sich ihr eigenes Bettzeug mitgebracht. Dass es die richtige Entscheidung war, stellte sie bald fest. Als Stella den Schrank öffnete, um ihre Kleidung hineinzuhängen, schlug ihr ein unangenehmer Geruch von Mottenkugeln entgegen. Sie zog die Nase kraus. Bevor sie ihre Sachen einräumte, entnahm sie ihrem Kulturbeutel eine kleine Flasche mit Desinfektionsmittel. Sie goss die Flüssigkeit auf ein Tuch und wischte damit den Schrank aus. Es stank zwar immer noch unerträglich, aber wenigstens war das Innenleben des Schrankes jetzt so gut wie klinisch rein. Sorgfältig stapelte Stella ihre Kleidung. '*Es ist wie früher*', durchfuhr es sie. Während ihre Sachen immer akkurat gefaltet waren, lagen Sunnas kreuz und quer durcheinander. Neugierig begutachtete sie die Kleidung ihrer Schwester. Bis auf ein grünes Sommerkleid, welches schon bessere Tage gesehen hatte, waren alle Sachen in erdigen Farben gehalten. Kein Stück davon war neu. Die Textilien präsentierten sich, wie alles hier im Haus, trist und traurig. Stella hegte den Verdacht, dass einige der Kleidungsstücke noch von ihrer Mutter stammten. Es befanden sich auch noch einige Kindersachen darunter, die den Schwestern gehörten. Stella holte die Kleider aus dem Schrank. '*Nächster Halt: Ihre bittere Vergangenheit*', führte sie ein imaginärer Zugschaffner durch das Innenleben des Kleiderschrankes. Mit klammen Fingern fuhr sie über den Stoff von zwei identischen hellblauen Sommerkleidchen. Sie erinnerte sich an den Tag, an dem ihre Mutter sie nähte. Eine Nachbarin brachte den Stoff aus Reykjavik mit, und Stellas Mutter zweigte ein paar Kronen ihres Haushaltsgeldes dafür ab. Wie schön Stella sich in dem Kleid vorkam. Lachend tanzte sie darin über die Wiese und auch ihre Mutter lachte. Es war einer der seltenen Momente, in denen Mutter und Kinder ein wenig Freude erlebten. Stella entsann sich genau an diesen Augenblick. Jón war für ein paar Tage nach Selfoss gefahren, um neue Pferde zu kaufen. Sie waren frei – für eine kurze Weile, doch sie genossen es in vollsten Zügen. Selbst Sunna war wie ausgewechselt und verhielt sich zum ersten Mal wie das kleine Mädchen, welches sie war. Alle Last fiel von ihnen ab, und obwohl Stellas Mutter nach wie vor diesen traurigen, gehetzten Ausdruck in den Augen hatte, lachte sie. Ihre Mädchen in den kleinen, blauen Sommerkleidchen zu sehen, brachte sie zum Lachen.

Stella schüttelte den Kopf. Im Grunde wollte sie sich nicht einmischen. Auf der anderen Seite verspürte sie das Bedürfnis, Sunna zu helfen. 'Erst einmal abwarten', besann sie sich und ging daran, das Bett zu beziehen. Die Bettwäsche war klamm und roch vermodert. Ein Schauder überkam sie. Mit spitzen Fingern entfernte sie das Laken und warf es auf den Boden. Auch die Matratze bekam eine ordentliche Ladung Desinfektionsmittel. Stella hoffte, es mögen sich keine Wanzen oder ähnlich ekeliges Getier in dem Bett befinden. Gewissenhaft bearbeitete sie das Bettzeug, als sie etwas spürte. Nichts Körperliches, sondern vielmehr ein Gefühl. Es kam ihr vor, als stünde jemand hinter ihr. Sie drehte sich abrupt um. Es war niemand da. Nur ein kalter Windhauch, der unsichtbar durchs Zimmer zog. Stellas Blick blieb an einem alten Teddybären hängen. Eines seiner schwarzen Knopfaugen fehlte. Sie nahm ihn in die Hand und betrachtete das abgenutzte Spielzeug. Er gehörte einmal ihr. Der Bär war in den finsteren Nächten, in denen sie weinend im Bett lag, ihr einziger Freund. Dieser Teddybär kannte alle ihre Geheimnisse und Sorgen. Stella beschloss, den Bären zu waschen und ihn mit nach New York zu nehmen. Es wäre das einzige Stück, was sie aus ihrem Elternhaus mitnehmen wollte. Sie legte das Plüschtier auf ihrem Koffer ab und bezog weiter das Bett. Sie hatte keine Ahnung, ob sie in der Nacht überhaupt ein Auge zumachen würde. Im Nachhinein ärgerte sich Stella, dass sie sich nicht in das Hotel im Ort eingemietet hatte. Aber das wäre eine ziemlich unhöfliche Geste Sunna gegenüber gewesen. Auf der anderen Seite schien es Sunna völlig egal zu sein, ob Stella hier war oder nicht. '*Warum wollte sich mich unbedingt dabei haben?*', fragte sich Stella. Allem Anschein nach fühlte sich Sunna genauso unwohl bei dem Wiedersehen, wie Stella selbst.

Seufzend ließ sie sich auf das Bett nieder und stützte die Arme auf die Knie. Mit gespreizten Fingern fuhr sie sich durch das Haar. Die Tristesse in dem Raum schrie förmlich nach Depressionen. Es hingen keine Bilder an den Wänden, kein Nippes zierte das kahle Zimmer. Selbst die Beleuchtung war mehr als dürftig. Stella fühlte sich wie lebendig begraben und sehnte sich nach Hause. Sie legte sehr viel wert auf eine freundliche Einrichtung und gestaltete ihr Haus liebevoll. Das, was sie hier vorfand, spottete jeglicher Beschreibung. Die alte Kommode, die hinter dem Bett stand, war auch mit einer dicken Staubschicht überzogen. Einst war es ein sehr schönes Stück gewesen, doch nun war das Holz rissig und abgenutzt. An den Schubladen fehlten zwei Messingknäufe und der montierte Spiegel war blind. Zwei Parfumflakons lagen auf der Kommode. Der Inhalt war von einem tiefen Gelb. Sie mussten mehr als zwanzig Jahre alt sein. Stella erinnerte sich noch genau an den Tag, an dem sie und Sunna das Parfum erhielten. Sie waren mit ihrer Mutter beim Zahnarzt gewesen, und als Belohnung durften sich die Mädchen etwas kaufen. Stella wählte das Parfum. Noch nie hatte sie etwas so Kostbares besessen. Sie strich sich jeden Tag nur einen winzigen Tropfen davon hinters Ohr und fühlte sich, wie eine der großen Hollywood-Diven, die sie im Fernsehen bewunderte. Natürlich wollte Sunna dann auch ein Parfum haben, doch sie hatte es nie benutzt, und schon nach kurzer Zeit geriet es in Vergessenheit. Jetzt war es alt und stank vermutlich ganz widerwärtig. Stella fühlte sich nie wieder wie Elisabeth Taylor, wenn sie Parfum benutzte. Dieses Geschenk ihrer Mutter war für sie ein Traum, den sie nie vergessen würde.

Wieder fuhr ein kalter Lufthauch durch das Zimmer. Stella erschrak. War da ein Wispern? Sie spitzte die Ohren und lauschte. Es kam ihr vor, als würden leise Stimmen von den vergilbten Tapeten widerhallen.

„Du bist doch verrückt", murmelte sie und erhob sich.

Schnell verstaute sie den Koffer auf dem Schrank, räumte ihre Reisetasche leer und begab sich dann in die Küche.

Sunna stand an der Spüle und filetierte einen Fisch. Als sie Stella bemerkte, drehte sie sich kurz um und widmete sich sofort wieder ihrer Arbeit. Der Hund kam auf Stella zugelaufen und ließ sich von ihr den Kopf kraulen.

„Es gibt Ysar zum Abendessen", sagte Sunna. „Ich hoffe, du magst Fisch."

„Ja", antwortete Stella und freute sich auf die typisch, isländische Spezialität. „Wie ich sehe, lebt der alte Küchentisch noch." Sie strich mit den Fingern über die zerkratzte, weiße Tischplatte.

„Es sind noch alles die alten Möbel", erklärte Sunna. „Du weißt doch, dass Vater keine Veränderung mochte." Unbeirrt setzte sie ihre Tätigkeit fort.

Stella nahm auf einem der Stühle Platz, und sofort schossen ihr die Bilder vergangener Mahlzeiten durch den Kopf. Wie sie es verabscheut hatte, hier zu sitzen. In ihrer Familie gab es kein fröhliches Beisammensein. Unter den strengen Augen des Vaters wurden die Mahlzeiten schweigend eingenommen, und niemand gab einen Ton von sich. Wenn sie fertig waren, setzte sich ihr Vater ins Wohnzimmer in seinen Lieblingssessel und schaltete den Fernseher ein. Die Frauen bemühten sich, die Küche so leise wie möglich aufzuräumen, denn *Er* duldete keinen Lärm. Wenn er in guter Stimmung war, rief er Sunna zu sich. Sie durfte sich auf seinen Schoß setzen und dann sahen sie gemeinsam fern. Manchmal schloss er aber auch die Wohnzimmertür, wenn Sunna bei ihm war. Ihre Mutter bekam dann einen verkrampften und hasserfüllten Gesichtsausdruck. Doch sie unternahm nie etwas. Hatte Sunna nie geholfen. Sie hörten sein Keuchen durch die verschlossene Tür. Wie von einem Tier. Abartig, dreckig, widerlich ...

Stella betrachtete Sunnas Rücken und die hängenden Schultern. Warum hatte sie sich nie gewehrt? 'Sie war ein Kind, genau wie du. Welche Möglichkeit zur Gegenwehr bestand denn?', schrie es in Stellas Kopf. Traurig senkte sie den Blick und tätschelte gedankenverloren den Hund.

„Er wird in der Kirche aufgebahrt", unterbrach Sunna die Stille.

„Wer?", fragte Stella geistesabwesend.

„Papa. Wer denn sonst?", meinte Sunna vorwurfsvoll und wusch sich die Hände. „Es werden wohl nicht viele Leute zur Beerdigung kommen. Aber ich dachte mir, du willst noch mal einen Blick auf ihn werfen. Hast ihn ja schließlich ewig nicht gesehen", sagte sie und sah Stella prüfend an.

„Und das aus gutem Grund", gab Stella zurück. Nach einer kurzen Pause, in der sie versuchte, die richtigen Worte zu finden, fuhr sie fort:

„Sunna, ich weiß ehrlich nicht, wie du das schaffst. Ich meine, nach allem, was hier vorgefallen ist. Du hättest ihn genauso gut irgendwo in der Erde verscharren können, damit wäre er noch gut bedient gewesen."

„Ich weiß nicht, was du meinst", zischte Sunna und verschränkte die Arme. „Er war unser Vater."

„Das hat er leider allzu oft vergessen", murmelte Stella.

Sie wunderte sich über Sunna. Hatte sie denn wirklich alles verdrängt? Sie konnte doch unmöglich die Übergriffe vergessen haben.

„Wie ist er eigentlich gestorben?", fragte sie jetzt und plötzlich tauchten Bilder vor ihrem geistigen Auge auf. Ihr Vater, tot in der Badewanne mit blau angelaufenen Lippen und weit aufgerissenen Augen.

Stella schüttelte unmerklich den Kopf und runzelte die Stirn. Woher kamen diese Visionen und was bedeuteten sie? Noch bevor Sunna den Mund aufmachte, wusste sie bereits, was ihre Schwester sagen würde.

„Wohl ein Herzinfarkt. Er hatte in den vergangenen Jahren schon zwei davon, und diesmal hat es ihn umgehauen. Hab ihn tot in der Wanne gefunden", antwortete Sunna unbekümmert, und ihr Gesicht nahm einen seltsamen Ausdruck an.

'Das geschieht dir recht, du alter Bock', dachte Stella, sagte aber nichts.

„Wie ist das Leben in Amerika?", fuhr Sunna fort. „Bist ja anscheinend jetzt Amerikanerin. Jones." Sie lachte bitter. „Glaubst du, so kannst du vor der Vergangenheit davon laufen?"

„Du weißt ganz genau, warum ich gegangen bin, Sunna", verteidigte Stella sich. „Das hättest du auch machen sollen."

Sunnas Gesicht wechselte die Farbe. Ärgerlich presste sie die Lippen aufeinander, warf das Küchenhandtuch auf die Spüle und verließ die Küche. An der Haustür machte sie kehrt und kam zurückgestapft.

„Weißt du, Stella. Ich hatte mich ehrlich auf dich gefreut. Aber du kommst hier an und wagst es, dir ein Urteil zu bilden. Glaubst du, ich hätte deinen Gesichtsausdruck nicht bemerkt? Du hast dich schon immer als was Besseres gefühlt. Der Hof war dir nie gut genug", keifte Sunna und warf ihrer Schwester giftige Blicke zu.

Stella starrte Sunna mit offenem Mund an.

„Du glaubst doch nicht wirklich, was du erzählst, oder?", fragte sie entgeistert. „Denkst du, ich wäre abgehauen, weil mir das Leben auf dem Hof nicht gefiel? Ich bin wegen *Ihm* gegangen. Sunna, er hat uns misshandelt, gequält und gedemütigt. Willst du das etwa leugnen?"

„Halt deinen Mund", brüllte Sunna dazwischen. „Ich will diese Lügen nicht hören! Hast du das verstanden?"

Stella klappte den Mund wieder zu. Sunna leugnete nach wie vor die Geschehnisse aus ihrer Kindheit. Stella fehlten die Worte. Wie konnte ihre Schwester so verbohrt sein? Ihr kamen Zweifel, dass bei ihrer Zwillingsschwester im Kopf alles in Ordnung war. Sie spürte, dass Sunna etwas auf der Seele brannte und das war mehr, als die Vergangenheit mit dem verhassten Vater.

„Sunna", begann Stella zögerlich, doch Sunna ließ sie nicht ausreden. Mit zornigen Schritten rannte sie ins Freie und ließ die Türe krachend ins Schloss fallen.

Stella zuckte zusammen und schluckte aufsteigende Tränen hinunter. Der Hund legte seinen Kopf in ihren Schoss, und Stella streichelte ihn. Wenigstens hatte sie einen Freund hier. Sie ging zum Kühlschrank und suchte etwas Essbares für den Hund und fand Würste, die sie dem Tier gab. Der Hund verschlang sie gierig und wedelte dankbar mit der Rute. Stella überlegte sich einen Namen für den Rüden und sagte:

„Ich werde dich Patch nennen. Wegen deines lustigen schwarzen Flecks am Auge."

Patch bellte zustimmend, und Stella nahm ihn lachend in die Arme.

„Ich werde schon noch herausbekommen, was hier vor sich geht", flüsterte sie Patch ins Ohr.

Stella verbrachte den Tag mit Patch. Sie gingen spazieren und tobten ausgelassen. Zwischendurch bemerkte sie Sunnas eisige Blicke. Stella fühlte sich unbehaglich, ließ sich jedoch nichts anmerken. Anscheinend hatte Sunna nicht viel zu tun, wenn sie Zeit fand, ihre Schwester auf Schritt und Tritt zu beäugen. Am Abend stand Sunna wieder in der Küche und bereitete den Fisch zu. Stella bot an, ihr zu helfen, doch sie wurde mit kaltem Schweigen gestraft. Schulterzuckend setzte sich sie an den Tisch. Instinktiv wählte sie genau den Platz, auf dem sie als Kind immer saß. Als es ihr bewusst wurde, stand sie wieder auf und setzte sich auf die gegenüberliegende Seite. Sunna bedachte das Schauspiel mit einem höhnischen Grinsen.

„Willst du nicht noch fern sehen, bis das Essen fertig ist?", fragte Sunna, ohne von ihrer Arbeit aufzublicken.

Stella schluckte und warf einen Blick zu der angelehnten Wohnzimmertür. Sie wollte keinen Fuß in dieses Zimmer setzen. Sie fürchtete, dass der Geist ihres Vaters aus dem durchgesessenen Sessel aufstand und ihr wieder Leid zufügte.

„Nein, danke", antwortete sie und sah, wie Sunna belustigt das Gesicht verzog.

Stella presste die Lippen aufeinander. Sie war unsäglich wütend und enttäuscht von ihrer Schwester und wollte ihr am liebsten schlimme Dinge ins Gesicht schleudern. Doch sie schwieg und spürte, wie die Wut immer höher kroch. Ihr Auge zuckte, und Stella versuchte, sich unter Kontrolle zu bringen.

Sunna deckte derweil geräuschvoll den Tisch, und das Geklimper schmerzte Stella in den Ohren. Sie merkte, dass ihre Schwester alles tat, um sie zu reizen und zu provozieren. Nur unter Aufwand all ihrer Kraft hielt Stella sich zurück. So war Sunna schon als Kind. Sie wurden am selben Tag geboren und doch hätten sie unterschiedlicher nicht sein können. Stella hörte oft ihre Mutter murmeln, dass Sunna eine böse Seele hätte. Als Kind machte Stella diese Aussage traurig, doch heutzutage verstand sie es. Sunna war kein guter Mensch. Allerdings drängte sich Stella die Frage auf, ob Sunna schon so geboren wurde oder ob ihr Vater dafür verantwortlich gewesen war. 'Wenigstens lässt sie mich nicht verhungern', dachte Stella und musste unwillkürlich grinsen.

Sunna füllte dampfend heiße Kartoffeln auf Stellas Teller, übergoss sie mit weißer Sauce und legte ein großes Stück Fisch dazu. Als Gemüsebeilage standen auf dem Tisch kleine Schalen mit kalten Erbsen und eingelegten Gurkenscheiben. Stella hatte zwar Hunger, doch in der angespannten Situation fehlte ihr der Appetit. Lustlos aß sie den Fisch, dem Salz fehlte und der fad schmeckte. Sunna hingegen schaufelte das Essen in sich hinein. Die Gabel in der rechten Hand, den linken Arm vor sich auf der Tischplatte liegend, zermatschte sie die Kartoffeln mit der Sauce und schob sie sich in den Mund. Stella bedachte die Situation mit einem angewiderten Nasenkräuseln. Auf gute Tischmanieren hatte in dieser Familie noch nie jemand viel wertgelegt. Nur schwer konnte sie den Blick von ihrer unweiblichen Schwester wenden.

„Um welche Uhrzeit ist die Beerdigung?", wollte sie förmlich wissen.

„Um Zehn", antwortete Sunna schmatzend und trank einen Schluck Wasser.

Stella seufzte leise. Musste sie Sunna jetzt jedes Wort aus der Nase ziehen? Ein fließendes Gespräch war allem Anschein nach nicht möglich. 'Ist denn in zehn Jahren gar nichts passiert, was sie mir erzählen möchte?', überlegte Stella.

„Ich habe dir etwas mitgebracht", redete sie weiter. Sie hatte nicht vor, sich so einfach geschlagen zu geben. „Ich hole es schnell."

Stella erhob sich und rannte die Treppe nach oben. Sie dachte, dass die Mitbringsel Sunna etwas besänftigen würden. Aus ihrer Reisetasche nahm Stella einen Geschenkbeutel heraus und flitzte wieder in die Küche. Zaghaft lächelnd überreichte sie Sunna das Präsent, doch diese nahm kaum Notiz davon.

„Ich esse noch", sagte Sunna, ohne den Blick zu heben. „Stell's auf den Boden."

Stella schluckte enttäuscht. Wieder einmal schalt sie sich für die falschen Erwartungen, die sie hegte. Sie setzte die Tüte ab und flüsterte:

„Ich werde zu Bett gehen, wenn du nichts dagegen hast. Ich bin müde." Stella wartete noch eine Sekunde, ob Sunna eine Reaktion zeigte. Als nichts erwidert wurde, verließ sie geknickt und wütend zugleich die Küche.

In ihrem Zimmer lehnte sie sich an die verriegelte Tür. Sie schloss die Augen und schluckte den dicken Kloß, der sich durch ihren Hals zwängte, herunter. Patch kratzte an der Tür. Stella hörte Sunnas wütende Rufe von unten und ließ den Hund schnell herein. Sie würde nicht länger mit ansehen, wie Sunna das Tier schlug. Auch wenn Sunna eine schwere Kindheit erlebt hatte, rechtfertigte das nicht ihr brutales Verhalten. Schließlich erlebte Stella die gleichen Erfahrungen, und aus ihr war ein angenehmer Mensch geworden.

„Du kannst heute Nacht bei mir schlafen", sagte sie zu Patch. Der Hund wedelte mit dem Schwanz und machte es sich auf dem Bett gemütlich. Zufrieden schmatzend rollte er sich zusammen und ließ seine neue Freundin nicht aus den Augen. Stella lächelte schwach. Patch gab ihr das tröstende Gefühl, nicht alleine zu sein, und doch empfand sie ihre Situation als ausgesprochen beklemmend. Damals schloss sie sich auch in ihrem Zimmer ein und wartete mit angehaltenem Atem, bis ihr Vater sich beruhigte. Es war jetzt genau dasselbe. Während Stella sich ängstlich in dem Zimmer verkroch, vernahm sie aus der unteren Etage wütendes Gebrüll. Nur war es diesmal Sunna, die ihrem Unmut freien Lauf ließ und nicht ihr Vater. 'Das ist doch lächerlich', schalt Stella sich. 'Ich bin erwachsen!' Ärgerlich riss sie die Türe auf, und rief laut:

„Gib endlich Ruhe, Sunna. Der Hund bleibt bei mir." Nachdem Stella das gesagt hatte, warf sie schnell die Türe wieder ins Schloss und kam sich ungemein heroisch vor.

Sunna polterte noch etwas herum, und dann war es still im Haus. Stella atmete auf und verließ ihren Platz an der Tür. Für einen Augenblick dachte sie, Patch würde ihr aufmunternd zuzwinkern. Sie warf sich ihr Nachthemd über und schlüpfte, ohne nochmal ins Bad zu gehen, zu Patch ins Bett.

„Rutsch rüber", meinte Stella lachend und schob den Hund beiseite.

Als sie sich endlich über die Verteilung der Plätze einig geworden waren, lauschte Stella den Geräuschen des Hauses. Alles war vertraut und die alten Empfindungen keimten wieder in ihr hoch. Der klappernde Fensterladen vom Badezimmer gehörte ebenso zu den allnächtlichen Tönen, wie das Rauschen des Meeres und dem Knacken der Holzbalken im Dachstuhl. Aus dem Wohnzimmer drangen die Stimmen vom Fernseher nach oben, und vor dem Haus drehte sich quietschend ein Windrad. Im sanften Windhauch, der durch das offene Fenster kam, schwang die Melodie eines Kinderliedes mit. Stella sang es in Gedanken mit:

'Gult fyrir sól, grænt fyrir líf, grátt fyrir þa sem reka menn út í strið.

Hvitt fyrir börn sem biðja um frið, biðja þess eins að mega lifa eins og við.

Er ekki jörðin fyrir alla?'

'Gelb für die Sonne, grün für das Leben. Grau für diejenigen, die Menschen in den Krieg schicken. Weiß für die Kinder, die für Frieden beten und dass alle Menschen so leben können wie wir.

Ist die Erde nicht für jedermann?'

„Mama", flüsterte sie, und eine dicke Träne tropfte aus Stellas grünen Augen.

Im Geiste sah sie ihre Mutter, die abends auf der Bettkante saß, und ihr dieses Lied mit sanfter Stimme vorsang. Einst war ihre Mutter eine hübsche Frau gewesen, mit langem welligem Haar und einem freundlichen Lächeln. Doch diese Freundlichkeit trieb *Er* ihr aus. *Er* nahm alle Freude und Fröhlichkeit aus diesem Haus und verwandelte es in ein Gefängnis. Hätte Stella je an die Hölle oder den Teufel geglaubt, hätte sie gesagt: „Ich habe ihn kennengelernt. Es ist mein Vater!"

„Ich vermisse dich, Mama", schluchzte sie leise.

Mit Patch im Arm und dem Bild ihrer Mutter vor Augen, schlief Stella ein. Es war jedoch ein leichter Schlaf und bei jedem Geräusch, zuckte Stella zusammen. In der Nacht begann Patch plötzlich zu knurren, und Stella schoss blitzschnell in die Höhe. Ihr Herz klopfte wie verrückt. Angespannt spitzte sie die Ohren. Vor der Türe war jemand. Sie konnte den Schatten sehen, der sich durch den unteren Türspalt abzeichnete. Stella wartete darauf, dass etwas geschah. Ihre Finger krallten sich in Patchs Fell und sie hielt den Atem an. Es war eisig kalt in dem Zimmer, und der Schatten vor der Tür wollte nicht weichen. Ihr eigener Atem wurde sichtbar, wie an einem frostigen Wintertag. Während sie mit weit aufgerissenen Augen auf den Eingang starrte, beschlich sie das Gefühl, beobachtet zu werden. Stella sah sich nach allen Seiten um. Außer Patch war niemand in dem winzigen Raum. Es gab keinerlei Versteckmöglichkeiten. Als sie das knarzende Geräusch der Türscharniere vernahm, schrie Stella panisch auf. Patch war mit einem Satz aus dem Bett und kläffte in die Dunkelheit. Der Schatten entfernte sich mit schlurfenden Schritten, und Stella zitterte am ganzen Körper. Sie brauchte ein paar Minuten um sich zu sammeln, dann schwang sie die Beine aus dem Bett und ging mit wackeligen Knien Richtung Tür. Mit klammen Fingern betätigte sie den Knauf. Sie war verschlossen. Stella begann an der Tür zu rappeln, doch sie bewegte sich nicht. Verwirrt fuhr sie sich durchs Haar. Sie hätte schwören können, dass jemand in ihrem Zimmer war. Als sie sich umdrehte, lag Patch wieder auf dem Bett und schnarchte, als wäre nichts gewesen.

„Ich glaube ... Ich glaube, ich werde verrückt", murmelte sie und kämpfte erneut mit den Tränen.

Immer noch an ihren geistigen Fähigkeiten zweifelnd, legte sie sich wieder zur Ruhe und lag angespannt auf der Matratze. Sie lauschte jedem kleinen Geräusch und atmete so flach, dass es in ihrer Brust schmerzte. Erst gegen Morgen gelang es Stella, in einen unruhigen Schlaf zu fallen.

Kapitel 6

Stellas Glieder waren bleischwer nach der unruhigen Nacht. Sie fand nur für wenige Stunden Schlaf und erwachte mit hämmernden Kopfschmerzen. Die Sonne schien durch das Fenster, und Stella musste blinzeln, da das Licht in den Augen schmerzte. Patch saß schwanzwedelnd vor dem Bett. Stella stöhnte und erhob sich mühsam. Es versprach, ein grauenvoller Tag zu werden. Nicht nur, dass der Schmerz sich durch ihren gesamten Schädel zog, heute war auch die Beerdigung. Hinzu kamen die Ereignisse der vergangenen Nacht, die Stella keine Ruhe ließen. Hatte sie sich das alles nur eingebildet? Sie hätte schwören können, dass *Er* ... Nein, sie würden *Ihn* heute unter die Erde bringen, und damit wäre der Spuk ein für alle Mal vorbei.

Sunna klopfte heftig gegen die Tür.

„Steh auf, Stella. Wir haben noch viel zu tun", rief sie. „Stella, bist du wach?"

„Ja", rief Stella entnervt zurück. „Gib mir noch ein paar Minuten."

Seufzend ließ sie den Kopf in die Hände sinken und massierte die pochenden Schläfen. Sie lächelte unwillkürlich, als Patch an ihrem Bein leckte.

„Ist gut, Junge. Ich stehe ja schon auf."

Schwerfällig erhob sie sich und ließ den Hund durch die Tür. Dann suchte sie ihre Badutensilien zusammen und nahm eine ausgedehnte Dusche. Der Duft von frischem Kaffee zog durch das Haus, und Stella beeilte sich. Die Vorfreude auf das schmackhafte Heißgetränk steigerte ihre Laune ein wenig. Bevor sie den Gang nach unten antrat, schluckte sie zwei Aspirin gegen den Kopf-schmerz.

„Schade, dass es keine Pille gegen nervige Schwestern gibt", sagte sie zu sich selbst, als sie das Schmerzmittel mit einem Schluck Wasser hinunterspülte.

Sie fühlte sich dermaßen unwohl, dass sie am liebsten den ganzen Tag im Bett geblieben wäre. Doch Stella nahm sich vor, das Beste aus der Situation zu machen. Vielleicht war Sunna am heutigen Tag zugänglicher. Der Schmerz über den Verlust des Vaters saß anscheinend tief bei Sunna, aber Stella würde ihr beistehen. Ja, sie nahm sich vor, ihrer Schwester zu helfen. Schließlich war sie nun die einzige Familie, die sie hatte.

„Du bist ja noch gar nicht angezogen", begrüßte Sunna ihre Schwester bissig, als diese in die Küche kam.

„Dir auch einen guten Morgen", antwortete Stella sar-kastisch. „Ich ziehe mich nach dem Frühstück an. Ich nehme an, du hast nichts dagegen, wenn ich meinen Kaffee im Morgenmantel trinke, oder? Mir war nicht bewusst, dass es hier seit neusten eine Kleiderordnung gibt."

Noch hatte sich nicht viel verändert, doch Stella war optimistisch.

Sunna brummte missmutig und nahm mit ihrer Tasse am Tisch Platz.

„Warst du heute Nacht an meiner Tür?", fragte Stel-la, während sie sich den heißen Kaffee in einen Becher füllte. „Mir war so, als wäre jemand im Zimmer."

„Warum sollte ich das tun?", gab Sunna die Frage zu-rück.

„Ich weiß es nicht, Sunna. Seit ich hier bin, sprichst du kaum mit mir und gibst dumme Antworten. Wenn dir etwas auf der Seele brennt, dann sag es mir", forderte Stella ihre Schwester auf. Erwartungsvoll sah sie auf

Sunnas Hinterkopf, bekam jedoch wieder keine Reaktion.

„Willst du im Stehen essen?", schmatzte Sunna.

Stella ließ einen entnervten Seufzer hören und gesellte sich zu Sunna an den Tisch. Immer wieder schielte sie zu ihrer Schwester hinüber, während sie sich geistesabwesend einen Toast mit Butter bestrich.

„Gibt es eigentlich ein Familiengrab?", fragte sie beiläufig.

„Nein. Wer sollte da auch rein?", gab Sunna zurück.

Stellas Mundwinkel zuckten nervös. Sie hatte es satt, dass Sunna jede Frage mit einer Gegenfrage beantwortete. Am liebsten hätte sie ihre Schwester über den Tisch gezogen und ihr sauertöpfisches und vergrämtes Gesicht in die salzige Butter gedrückt.

„Die Familie. Das sagt das Wort Familiengrab", zischte sie stattdessen ironisch. „Falls du dich erinnerst, wir hatten eine Mutter und einen Bruder." Ihr Kopfschmerz wurde immer schlimmer.

Sunna lachte auf.

„Als wenn Papa mit dieser Frau auch noch im Jenseits zusammen sein wollte", grinste sie böse, und erntete von Stella einen vernichtenden Blick.

„Als wenn *Er* das wollte? Frag doch lieber mal, ob Mama das will. Ich bin froh, dass er endlich tot ist und niemandem mehr schaden kann. Dieser Bastard", entfuhr es Stella. „Du hättest ihn verbrennen lassen sollen. Obwohl", sie grinste hämisch, „die Vorstellung, dass der Alte langsam von Würmern zerfressen wird, gefällt mir."

Sunna Gesicht wurde puterrot vor Zorn, und sie knallte ihren Toast auf den Teller.

„Bist du noch bei Trost, Stella?", flüsterte sie wütend. „Wie kannst du es wagen, so über deinen toten Vater zu sprechen?"

„Ich wünschte, er wäre nicht mein Vater", gab Stella ebenso zornig zurück. „Wieso verteidigst du ihn ständig? Wir hatten eine grauenvolle Kindheit, Sunna. Er hat uns grün und blau geprügelt. Also warum stellst du dich immer vor ihn?" Stellas Stimme wurde laut.

„Er hat mich nie geschlagen", schrie Sunna und erhob sich ruckartig. Der Stuhl fiel nach hinten um, und die Schwestern starrten sich feindselig an.

„Warum hat er dich nicht geschlagen?", fauchte Stella. „Nenne mir den Grund, warum du als Einzige verschont geblieben bist."

„Ach, halt doch dein Maul", sagte Sunna abfällig und ging.

Wutschnaubend rannte Stella ihr nach und erwischte Sunnas Ärmel.

„Sag es mir endlich", brüllte sie. „Sprich es endlich aus, Sunna. Sag das *Er* dich die ganzen Jahre hindurch angepackt hat. Glaubst du denn, ich habe es nicht gesehen?"

Sunna befreite sich aus Stellas verkrampften Fingern und funkelte sie an.

„Ich habe ihn geliebt", flüsterte sie. „So, wie er mich geliebt hat. Ich war sein kleiner Sonnenschein, das hat er immer gesagt." Damit ließ sie die schockierte Stella stehen.

Stella würgte. Brennende Kaffeesäure bahnte sich ihren Weg aus dem Magen in die Speiseröhre. Angeekelt verzog sie das Gesicht und schluckte den galligen Geschmack hinunter. Der Appetit war ihr vergangen. '*Mein kleiner Sonnenschein*', hallte es in ihrem Kopf. Stella drückte sich eine Hand vor den Mund. Der Würgereiz wurde schlimmer. Als es vorüber war, japste sie nach Luft. Sie war in einem Alptraum gefangen. In ihrem persönlichen Alptraum! Ihr Magen schmerzte. Wie eine eiserne Faust, legte sich das kalte Gefühl über ihre

Bauchgegend. Stella musste an sich halten, um sich nicht zu übergeben.

Blass, übermüdet und mit Übelkeit gestraft, ging Stella daran, sich für die Beerdigung anzuziehen. Das Schwarz des ärmellosen Rollkragenpullovers hob Stellas dunkle Augenringe hervor. Sie sah elend aus und befürchtete, dass sie am Ende ihrer Reise nur noch ein Schatten ihrer selbst sein würde. Als sie ihr Haar straff zurückkämmte und zu einem strengen Zopf zusammenband, spürte sie vergangene Schläge mit der Haarbürste auf ihrem Rücken. Sie war etwa fünfzehn Jahre alt gewesen, und bekam von einer Schulfreundin Lidschatten und einen Lippenstift geschenkt. Stella war mächtig stolz auf ihre Errungenschaft und eilte nach dem Unterricht direkt nach Hause. In ihrem Zimmer probierte sie sofort die Kosmetika aus, und fühlte sich unsagbar schön. Sie toupierte sich die Haare und sang lauthals die Songs der achtziger Jahre aus dem Radio mit. Stella war in ihrer Jungmädchenwelt und tanzte zu „Like a Virgin", ausgelassen durch das Zimmer. Zu spät hörte sie die Stiefel, welche die Treppe hochgepoltert kamen. Als ihr Vater unbeherrscht die Zimmertüre aufriss, erstarrte Stella vor Schreck. Alle Farbe schien aus ihrem Gesicht zu weichen und sie ahnte, dass sie nicht ungestraft davon kommen würde. Ohne ein Wort zu sagen, griff er mit grimmigem Gesicht nach dem erstbesten Objekt, welches er zu fassen bekam. Und das war Stellas Haarbürste. Während er damit auf sie einprügelte, brüllte er:

„In meinem Haus malen wir uns nicht an wie Huren! Hast du das verstanden, du Flittchen?"

Stella weinte vor Schmerz, als die Drahtstifte der Bürste immer wieder auf ihren Rücken niedersausten. Mit den Armen schützte sie ihren Kopf und das Gesicht, denn sie wollte nicht wie ihre Mutter auch noch einen

Zahn verlieren. Als ihr Vater meinte, er habe sie genug bestraft, schmiss er den Lippenstift auf den Boden und trat drauf. Der Fleck, den die rote Farbe hinterlassen hatte, sah man bis heute auf dem unebenen Holzboden.

Stella starrte in den Spiegel. 'In meinem Haus malen wir uns nicht an wie Huren'.

„Doch, das tun wir", sagte sie laut und förderte einen kirschroten Lippenstift zu Tage.

Mit trotzigem Gesichtsausdruck bemalte sie sich sorgfältig die Lippen. Die Farbe biss sich mit der ihrer Haare, doch das spielte keine Rolle. Stella wollte nicht hübsch aussehen, sie wollte provozieren. Wollte *Ihm* einen Denkzettel verpassen. Sie war sich sicher, er würde sie sehen, ganz gleich, wo er sich befand.

„Ich hoffe, du schmorst in der Hölle", zischte sie und presste die Lippen aufeinander.

Mit durchgedrücktem Rücken und klopfendem Herzen trat sie den Weg in die Kirche an. Stella hatte nicht vor, Sunna in irgendeiner Weise bei den letzten Vorbereitungen für die Trauerfeier zu helfen. Sie würde den Teufel tun, für diesen Mistkerl auch nur einen Finger zu krümmen. Sollte sich Sunna um ihren geliebten Vater kümmern, Stella war das alles schlichtweg egal. Sie wurde von ihrer Schwester weggestoßen, also würde sie ihrerseits Sunna auch nicht beistehen. Sie war immer den unteren Weg gegangen, ihr Leben lang. Damit sollte jetzt Schluss sein. Stella wünschte sich, dass Sunna ihre Hilfe annahm, doch sie wollte nicht. Sie hielt an dem toten Vater fest, und dafür fand Stella kein Verständnis.

Hocherhobenen Hauptes betrat Stella die kleine Holzkirche. Mit steifen Schritten lief sie durch das Kirchenschiff und nahm in der ersten Reihe Platz. Da lag *Er*. Fein herausgeputzt in seinem schwarzen Sonntagsanzug, lag ihr Vater mit gefalteten Händen in einem glänzenden Sarg. Sein Gesicht war wächsern und eingefallen. Von dem Hünen, der er einst war, konnte man nicht mehr viel sehen. Sein Körper war ausgemergelt, dürr und an seinen Händen zeichneten sich unzählige Altersflecken ab. Jón Baldursson war am Ende seines Lebens ein schwacher, kranker Mann gewesen, der wahrscheinlich nicht einmal mehr die Kraft aufgebracht hatte, alleine zu urinieren. Stella ballte die Hände. Nach all den Jahren lag der Teufel nun vor ihr. Weil das Herz, welches er nie besaß, aufgehört hatte zu schlagen. In ihrem Innersten suchte Stella nach irgendeinem Gefühl. Wut, Trauer, Hass, Rache, Erleichterung – es war nichts dergleichen. Sie empfand sich ebenso tot, wie der Leichnam, der vor ihr lag. Seine Augen waren geschlossen, doch Stella überkam trotzdem das Gefühl, er würde sie direkt anstarren. Sie schluckte schwer und bereute es, dass sie ganz nach vorne gelaufen war. Jetzt würde sie während der Trauerfeierlichkeiten auf den präparierten, toten Leib schauen müssen.

Es waren nicht viele Leute anwesend, zumeist nur Schaulustige. Stellas Ankunft sprach sich schnell herum, und sie spürte die neugierigen Blicke im Rücken. Sie hörte leises Getuschel in der Menge.

„Das ist doch die andere Tochter. Die nach Amerika abgehauen ist", flüsterte eine rotwangige Frau einer anderen zu.

„Ja", bestätigte die andere. „Stella heißt sie. Die hat Nerven, hier wieder aufzutauchen. Guck, wie sie aussieht. Fühlt sich wohl als Miss Amerika." Die Frauen lachten verhalten, und in Stella rumorte es. Ihre ohnehin schon ausgeprägten Wangenknochen traten wütend hervor, und ihre Lippen waren zu einem Strich zusammengepresst. '*Blöde Tratschweiber*', dachte sie und hätte es am liebsten laut gesagt. Anmerken ließ sie sich jedoch nichts. Kerzengerade, wie ein Zinnsoldat, saß sie auf der Bank, als Sunna eintraf. Sunna lief ohne ein Wort an die Anwesenden zu richten direkt auf Stella zu, nahm neben ihrer Schwester Platz und kniff ihr in den Arm. Stella funkelte Sunna wütend an.

„Was soll denn das?", zischte sie leise.

„Warum bist du einfach abgehauen? Wir hätten doch zusammenfahren können. Wie sieht denn das aus, wenn wir einzeln zur Beerdigung unseres Vaters kommen, wo wir doch in einem Haus leben?", giftete Sunna zurück.

„Das bereitet dir Kopfzerbrechen?", fragte Stella amüsiert. „Was diese Dorftrottel von uns denken? Vielleicht denken sie, wie borniert du bist, eine Beerdigung für einen Mann auszurichten, der seine Töchter missbraucht hat." Aus dem Augenwinkel sah Stella, wie die Leute hinter ihr die Köpfe zusammensteckten und tuschelten.

„Du Miststück", fauchte Sunna, und erntete von Stella ein triumphierendes Lächeln. „Du hast es nicht verdient, hier zu sein."

„Nein, meine Liebe", entgegnete Stella. „*Er* hat es nicht verdient, dass ich hier bin. Aber ich werde bleiben. Ich will ein letztes Mal in sein aufgedunsenes Gesicht gucken und ihm eine gute Reise, auf den Weg in die Hölle wünschen." Stella zitterte innerlich. Noch nie hatte sie solche Worte ausgesprochen, doch es war ein befreiendes Gefühl. Sie sah Sunna an, dass diese kurz vor einem Wutanfall stand, doch Stella ignorierte es. Sie würde es nicht länger leugnen. Sollte doch die ganze Welt wissen, was ihr Vater für ein Schwein gewesen war. Sie wollte am liebsten aufspringen, sich auf die Kanzel stellen, und wie bei den Anonymen Alkoholikern verkünden:

„Mein Name ist Stella, und ich bin ein Missbrauchsopfer."

Jeder sollte es wissen. Jeder Einzelne von diesem verlogenen Pack, die jahrelang nichts unternommen hatten, und jetzt in ihrem Sonntagszwirn hier saßen und Anteilnahme heuchelten.

„Wag' es ja nicht", stieß Sunna hervor, als hätte sie Stellas Gedanken erraten.

Stella zuckte ertappt zusammen und fügte sich. Die Dominanz, die von ihrer Schwester ausging, schüchterte sie schon als Kind ein. Sunna war immer in Stellas Kopf. In ihren Gedanken. Sie wusste stets im Voraus, was Stella tat oder sagte und diese Tatsache nutzte Sunna aus. Stella war die Schwächere von beiden. Sie besaß nie die Kraft, sich gegen den Vater zu wehren. Das war der Grund, warum er sie schlug. Weil sie schwach und weinerlich war – wie ihre Mutter. Das jedenfalls sagte Sunna auf ihre gehässige Art. Hatte sie sich denn in all den Jahren nicht verändert? Wenigstens ein kleines bisschen? Sie wollte keine Angst mehr haben, sich nicht mehr einschüchtern lassen, und doch geschah es immer wieder. Stella hasste sich selbst dafür. Was hätte sie darum gegeben, nur einmal so zu sein wie ihre Schwester. Stark und selbstbewusst. Im Inneren beneidete sie Sunna. Es brodelte so viel Zorn und Hass in Stella, doch sie unterdrückte ihre Gefühle ständig. Sunna hingegen ließ ihrer Wut freien Lauf und kam allem Anschein nach, mit der Vergangenheit besser zurecht. Stella ihrerseits ging immer den unteren Weg, wagte selten, laut auszusprechen, was sie dachte. Genau wie in diesem Moment. Warum stand sie nicht einfach auf und verließ die Kirche? Sie hatte jetzt mit eigenen Augen gesehen, dass ihr Vater tot war. Für Stellas eigenes Wohlbefinden wäre es das Beste gewesen, sie verschwand einfach von dieser heuchlerischen Veranstaltung. Doch sie blieb. Blieb einfach sitzen und litt Höllenqualen.

Der Pfarrer betrat die Kanzel, ließ für einen Moment den Blick über die Anwesenden schweifen und begann dann mit seiner Ansprache. Stella hörte nicht zu. Ihre Ohren waren verschlossen für Lobeshymnen auf einen Mann, der viel zu lange auf dieser Welt geweilt hatte. Die Worte prallten an ihr ab, wie an einem Panzer. Stattdessen drehte sie sich verstohlen um, und schaute in die Gesichter der Menschen. Sie versuchte, irgendeine Reaktion darin zu lesen. Schuld, Reue, Mitgefühl – Irgendetwas. Doch sie sah gar nichts. Die Leute vermieden Blickkontakt und starrten auf den Mann, der in seinem Sarg zur Schau gestellt wurde. Sunna hatte keine Kosten gescheut und prächtige Blumenarrangements um den weißen Sarg aufbauen lassen. Stella sah die Trauerbanderolen, wie sie liebevoll und für jeden gut sichtbar, den Blumen den letzten scheinheiligen Schliff verliehen.

In Gedanken bei Dir, Deine Tochter, war ein Schriftzug zu sehen. Der altbekannte Würgereiz kündigte sich an. Sie kramte in ihrer Tasche nach einem Kaugummi, um sich nicht zu übergeben. Als sie fündig geworden war, und das erfrischende Pfefferminzkaugummi im Mund hatte, merkte sie, dass sie beobachtet wurde. Stella blickte sich um. Ein junger Mann, etwa in ihrem Alter, betrachtete sie unverhohlen. Schnell wendete Stella den Blick ab und suchte in ihrem Gedächtnis nach einem Namen zu dem Gesicht. Sie kannte den Mann, dessen war sie sich sicher. Erneut blickte sie sich um. Er lächelte ihr aufmunternd zu und auf seinen Wangen zeichneten sich dabei zwei winzige Grübchen ab. Plötzlich fiel es Stella wieder ein. Das war Helgi Eriksson. Ihr alter Schulfreund. Stella lächelte matt zurück. Sie und Helgi saßen in der Schule nur eine Bank auseinander und verstanden sich immer gut. Sie waren so etwas wie Freunde, wenngleich sie diese Freundschaft geheim halten musste – wie alles Gute in ihrem Leben.

Stella vermutete, dass er schon damals etwas ahnte, denn Helgi zeigte viel Verständnis für sie, und nahm sie auf dem Schulhof in Schutz. Von ihm bekam sie ihren ersten, schüchternen Kuss.

Es war nach dem Sportunterricht, als Stella wieder einmal erzählte, sie hätte ihre Periode und könne deshalb nicht daran teilnehmen. In Wahrheit genierte sie sich für die blauen Flecken an ihren Oberarmen und Beinen. Neidisch beobachtete sie die anderen Schüler beim Ballspielen und brach irgendwann in Tränen aus. Eilig lief Stella in die Waschräume und weinte sich die Augen aus dem Kopf. Helgi bemerkte es und ging ihr nach. Er war nicht wie die anderen Jungs in dem Alter, hatte nichts von deren pubertären Verhalten, sondern war sehr reif für seine vierzehn Jahre. Ohne viel Aufhebens zu machen, nahm er Stella tröstend in die Arme und beruhigte sie. Das waren die wenigen Momente in Stellas Leben, in denen sie sich geborgen fühlte. Es kam ihr armselig vor, dass ein fremder Mensch ihr dieses Gefühl vermittelte, doch gleichermaßen war sie froh über Helgis Nähe. Sie legte ihren Kopf an seine Schulter, und ihre Tränen durchnässten sein gelbes T-Shirt. Sie erinnerte sich ganz genau an dieses quietschgelbe T-Shirt mit dem Aufdruck eines heimischen Fußballclubs. Als Stella sich einigermaßen wieder im Griff hatte, ließen sie sich auf den weißen, kalten Kachelboden nieder. Helgi stellte nie Fragen. Während Stella schniefend neben ihm saß und beschämt an ihrer karierten Bluse nestelte, sagte Helgi nur knapp:

„Wenn du jemand zum Reden brauchst, ich bin da."

Stella warf ihm einen dankbaren Blick zu, doch sie machte nie Gebrauch von dem Angebot. So verbrachten sie eine ganze Schulstunde auf dem Fußboden der Toiletten und schwiegen. Lauschten nur dem Atem und dem Herzschlag des anderen. Es hatte gereicht. Für Stella war es ein sehr intimer Augenblick, und sie fühlte sich wohl. Helgi gab ihr, ohne ein einziges Wort zu sprechen, das Gefühl von Vertrauen. Als die Schulglocke zum Ende der Stunde laut schrillte, half Helgi Stella auf. Und als er sie noch eine Sekunde im Arm hielt, fanden sich ihre Lippen zu einem scheuen Kuss. Es war nur eine flüchtige Berührung, doch in Stella erwachten ungeahnte Gefühle. Nie zuvor und nie wieder danach empfand sie die Nähe eines Menschen als so vollkommen.

Die Trauergäste erhoben sich, um sich von dem Toten zu verabschieden. Stella war noch immer in Helgis Blick gefangen und stand mechanisch auf. Aus dem Augenwinkel sah sie, wie Sunna mit tränenfeuchten Augen auf den Sarg zuging und leise Worte murmelte. Sie berührte die Hände ihres toten Vaters und wendete sich dann mit verschleiertem Blick ab. Es wirkte so einstudiert, fast so, als müsse Sunna der Welt irgendetwas beweisen. Stella war als nächstes an der Reihe. Sie stockte für den Bruchteil einer Sekunde. Befürchtete, ihre Beine würden nachgeben. Ihr Mund war trocken und ein klammes Gefühl krabbelte ihren Rücken empor. Eine eisige Klaue krampfte sich um ihr Herz, und ihr Magen begann zu rebellieren. Sie würde das nicht durchstehen. Stella fühlte sich wie ein in die Enge getriebenes Tier, kurz davor, zum finalen Schlag auszuholen. Panik brach in ihr aus, nackte, panische Angst. Sie konnte ihren Blick nicht von dem toten Leib ihres Vaters abwenden. Er lachte sie aus. Verhöhnte sie, wie er es immer getan hatte. Stella stand kurz vor einem Nervenzusammenbruch. Die Härchen auf ihren Armen standen zu Berge und gleichzeitig bildete sich auf ihrer Stirn ein Schweißfilm. Ihr blieb die Luft weg, und das Herz schlug wie wild in ihrer Brust. Plötzlich spürte sie eine warme Hand, die sich in ihre legte. Stella brauchte nicht nachzusehen, wer das war. Sie wusste es. Er war ihr wieder einmal zur Hilfe geeilt, wie ein stolzer Ritter. Dankbar drückte sie Helgis Hand und ließ sich von ihm zum Sarg führen. Die Angst war verschwunden. Helgi würde ihr beistehen, und das löste in ihr zum wiederholten Male ein Gefühl des Vertrauens aus.

Als Stella ihrem Vater von Angesicht zu Angesicht gegenüberstand, knickten ihre Knie ein. Helgi fing sie auf. Tränen flossen über Stellas Gesicht, doch es waren keine Tränen der Trauer. Wut, Enttäuschung und Hass vermischten sich in der salzigen Körperflüssigkeit. Stella hätte dem Toten am liebsten ins Gesicht gespuckt, doch sie fand keine Kraft. Eine zentnerschwere Last fiel von ihr ab. *Er* war tot! So tot wie das Gras im Winter, tot wie die Steine, die auf dem Feld herumlagen. Nichts würde ihn wiederbringen. Kein Hass, keine frommen Sprüche, keine Tränen. Als Stella sich dieser Gewissheit bewusst wurde, begann sie zu lachen. Es war ein befreiendes, glückliches Lachen.

„Leb wohl, du Bastard", rief sie laut und lachte erneut. „Irgendeiner wird sich deiner schwarzen Seele schon annehmen, aber Gott wird das nicht sein!"

Helgi packte Stella bei den Schultern und drängte sie zum Gehen. Als Stella sich umdrehte, sah sie in die betroffenen Gesichter der übrigen Trauergäste. Mit offenen Mündern starrten sie Stella entsetzt an. Sunna stand vor dem Eingang wie ein Racheengel. Wie ein feuriger Cherub. Stella erwartete, dass ihre Schwester jeden Moment ein flammendes Schwert zog und sie damit niederstreckte. Diese Vorstellung löste einen neuen Lachkrampf aus. Fast schon hysterisch wurde Stellas Körper von einer Lachsalve geschüttelt. Sie befürchtete, sich jeden Moment in die Hose zu machen, wenn sie nicht die Kontrolle zurückerlangte. Sie wischte sich die Tränen aus den Augenwinkeln und atmete kräftig durch. Es waren nur noch vereinzelte Gluckser zu hören, doch sie hatte sich wieder im Griff.

„Was?", rief Stella der glotzenden Meute zu. „Seid ihr anderer Meinung, ihr verlogenes Pack?"

Niemand wagte es, darauf eine Antwort zu geben. Die Trauergäste und der Pfarrer standen wie Salzsäulen da und gaben keinen Mucks von sich.

Stella war über alle Maßen aufgebracht. Wie gerne hätte sie den Leuten ins Gesicht geschlagen. Sie wollte die Wahrheit aus ihnen herausschütteln, wie reifes Obst von einem Baum. Doch sie schwiegen, und Stella lachte spöttisch auf. Sie hatten schon immer geschwiegen. Niemand besaß je die Courage, in Jón Balðurssons Treiben einzugreifen. Nur mit Mühe bahnte Helgi sich einen Weg durch die Menge und begleitete sie ins Freie.

„Es ist besser, du kommst nicht mit zum Friedhof", fauchte Sunna, die ebenfalls aus der Kirche kam. „Du bist wirklich das Letzte, Stella."

„Ich fahre dich nach Hause", sagte Helgi hilfsbereit.

„Das wird das Beste sein", antwortete Stella dankbar. „Bring unseren Vater unter die Erde, Sunna. Da gehört er hin." Sie wendete sich ab und lief den Kiesweg zum Parkplatz entlang.

Helgi runzelte die Stirn und folgte ihr zum Wagen. Stella war mitgenommen und nicht mehr sie selbst. Sie würde reden, wenn ihr danach war.

„Ich will nicht nach Hause", meinte Stella, als sie in das Auto stieg. „Bring mich irgendwo hin, aber nicht in dieses Höllenloch."

Helgi nickte und startete den Pajero. Er fuhr aus der Stadt heraus und wartete, dass Stella etwas sagen würde.

„Möchtest du lieber einen Kaffee trinken gehen?", wollte er wissen.

„Ist mir egal", antwortete sie und starrte weiterhin aus dem Fenster.

Helgi ließ einen kleinen Seufzer hören. Er selbst stammte aus einer ausgesprochen liebevollen Familie. Sein Vater war der ansässige Arzt, seine Mutter führte ein kleines Café und Helgi und seine drei Geschwister, führten ein wohlbehütetes Leben.

„Als ich von Jóns Tod hörte, war ich mehr als gespannt, ob du tatsächlich kommen würdest." Er machte eine kleine Pause. „Ich habe in all den Jahren nie aufgehört an dich zu denken, und fragte mich oft, was aus dir geworden ist. Aus deiner Familie war nichts herauszubekommen. Sie hielten sich bedeckt und ich mutmaßte, dass sie selbst nicht wussten, wie es dir ging."

Stella antwortete nicht. Sie wusste nichts darauf zu erwidern. Helgi war damals verliebt in sie, das hatte sie gespürt, doch vermutlich ahnte er schon damals, dass mit den Zwillingen etwas nicht stimmte.

„Wir haben uns lange nicht mehr gesehen", startete er einen neuen Versuch, Stella zum Reden zu bewegen. „Wie ist es dir in der ganzen Zeit so ergangen?"

„Gut", sagte Stella knapp. Sie sah seufzend auf ihre Hände.

„Es tut mir leid, was da eben passiert ist. Ich hätte mich nicht so gehen lassen sollen", entschuldigte sie sich.

„Es muss dir nicht leidtun. Deine Reaktion ist völlig verständlich. Dass du überhaupt gekommen bist, grenzt schon an ein Wunder." Helgi griff nach Stellas Hand und drückte sie.

Eine warme Welle durchströmte Stella. Verlegen sah sie wieder aus dem Fenster und betrachtete das Meer.

„Es sieht so friedlich aus", flüsterte sie. „Ich habe mich nie bei dir bedankt, dass du damals für mich da warst. Du weißt schon, in der Sportstunde."

„Ich hab's gerne gemacht", lächelte Helgi. „Und ich würde es jederzeit wieder tun."

Es vergingen einige Minuten betretendes Schweigen. So viele Jahre waren vergangen und Stella gestand sich ein, dass sie in all der Zeit keinen Gedanken an Helgi verschwendet hatte. Sie fragte sich, warum. Helgi war ihr immer ein Freund gewesen, und sie mochte ihn schon damals. Ihr gefiel sein brünettes, verwuscheltes Haar, seine sanften blauen Augen und das kleine Grübchen am Kinn. Aus dem linkischen, schlaksigen Jungen von einst war ein groß gewachsener Mann mit muskulösem Körperbau geworden. Seine Augen strahlten noch immer eine vertrauenswürdige Wärme aus, und es stimmte Stella traurig, dass es ihnen nicht vergönnt gewesen war, sich näher kennenzulernen.

„Bist du verheiratet, Helgi?", fragte sie plötzlich.

„Ich war es. Bin letztes Jahr geschieden worden. Meine Frau und mein Sohn leben jetzt in Reykjavik. Alle wollen sie in die Stadt", meinte er kopfschüttelnd.

„Du nicht. Du bist immer noch hier", grinste Stella.

„Ja, ich bin eben ein richtiges Landei", lachte Helgi. „Ich arbeite im Hotel und habe ein Haus, das ich aber wohl wieder verkaufen werde. Es ist für mich alleine zu groß."

„Ich würde es gerne sehen. Dein Haus", sagte Stella leise und sah Helgi mit großen Augen an.

„Okay, kein Problem", erwiderte Helgi ein wenig verwundert, wendete aber den Wagen und fuhr wieder in die Stadt.

Helgi parkte das Auto vor einem grauen Bungalow. Er rannte um den Wagen herum und hielt Stella galant die Tür auf. Sie grinste, als sie sein rotes Gesicht bemerkte.

„Ich wusste nicht, dass es bei euch auf dem Land Gentlemen gibt", lachte sie, und er stimmte verlegen mit ein.

„Wenn ich schon mal das Glück habe, eine New Yorkerin als Gast zu haben", erwiderte er augenzwinkernd.

Als sie das Haus betraten und Helgi die Türe schloss, standen sie für einen Augenblick unschlüssig in der Diele. Es war geschmackvoll und modern eingerichtet. Für Stellas Geschmack ein wenig kühl, aber dennoch war es ein richtiges Zuhause. An den Wänden hingen Bilder mit moderner Malerei, und Stella betrachtete sie eingehend. Dazwischen fügten sich Fotos von Helgi und seiner Familie ein, und über Stellas Gesicht huschte ein wehmütiges Lächeln, als sie in das Gesicht eines kleinen Jungen blickte. *Du wirst Mutterglück nie erfahren*, schoss es ihr durch den Kopf, und ein stechender Schmerz durchzuckte ihr Herz. Doch sie war nicht wegen der Wanddekoration hier. Sie wollte die unerfreuliche Situation aus der Kirche vergessen. *Zum Teufel mit dem ganzen Scheiß*, wisperte ihr eine kleine Stimme zu. Stella schloss kurz die Augen, ging dann auf Helgi zu und packte ihn bei seinem Sakko.

„Schlaf mit mir! Jetzt gleich", raunte sie verführerisch.

Kapitel 7

Helgi starrte Stella irritiert an. „Weißt du, wie lange ich mir das schon wünsche?", antwortete er leise. „Ich hätte dich damals, in dem schäbigen Bad der Schule, am liebsten auf den Boden gezerrt und mit dir geschlafen. Doch ich wusste, dass es nie mehr sein würde. Es hat weh getan, Stella, und ich war furchtbar sauer auf mich selbst, weil es nicht geklappt hat."

Stella erwiderte nichts. Sie wusste, dass Helgi damals mit der Situation völlig überfordert gewesen war. Er erzählte, dass er Zeuge eines Gespräches seiner Eltern wurde. Es ging um Jón. Helgi sagte, er konnte mit seinen dreizehn Jahren nichts mit dem Wort Inzucht anfangen, was jedoch Vergewaltigung war, wusste er.

„Es tut mir leid, dass meine Eltern nichts unternommen haben", sagte er jetzt zerknirscht. „Ich hatte mir immer gewünscht, dich als Freundin zu haben und konnte mir nur vage vorstellen, was du durchgemacht hast."

Stella ging nicht auf sein Geständnis ein, sondern nestelte weiter an seinem Sakko. Sie hatten schon genug Zeit verloren.

„Stella ..., ich denke nicht, dass wir das tun sollten", stammelte er. „Du bist verletzt und verwirrt."

Stella funkelte ihn böse an. Er wollte sie doch jetzt nicht zurückweisen?

„Wer bist du? Mein Therapeut?", rief sie wütend und verpasste ihm einen leichten Stoß.

„So war das nicht gemeint", verteidigte sich Helgi und fuhr sich durch das brünette Haar. „Wir haben uns eine

Ewigkeit nicht gesehen und ich weiß nicht, ob heute der richtige Tag dafür ist."

Stella prustete los.

„Nicht der richtige Tag? Gibt es denn einen Besseren? Wenn ja, dann ruf mich an", lachte sie und ihre Augen funkelten neckisch. „Glaub mir, Helgi. Heute ist so gut wie jeder andere Tag. Also brauchst du noch eine Aufforderung?"

Stella sah Helgi an, wie es in ihm arbeitete. Sein Gesicht war puterrot und er atmete schwer. Um ihm die Entscheidung leichter zu machen, begann Stella sich auszuziehen. Sie streifte ihre Pumps ab und öffnete langsam den Reißverschluss ihres schwarzen Rockes. Lasziv lief sie ins Wohnzimmer und entledigte sich unterwegs ihres Pullovers. Sie war sich der Wirkung ihres Körpers durchaus bewusst. Ihre langen, schlanken Beine waren wohlgeformt. Der kleine, knackige Po steckte in einem schwarzen Spitzentanga und ließ die prallen Pobacken voll zur Geltung kommen. Stella besaß nie viel Oberweite, doch ihr Busen war fest und rund. Ihre zarten, rosigen Knospen zeichneten sich erregt, durch den ebenso schwarzen Büstenhalter ab. Sie blickte über die Schulter und bedeutete Helgi mit dem Zeigefinger, ihr zu folgen. Dann nahm sie breitbeinig auf dem weißen Ledersofa Platz und begann, ihre Schenkel zu streicheln.

„Fick mich", forderte sie flüsternd, und um Helgis Zurückhaltung war es geschehen. Sie warf einen Blick auf die stetig wachsende Beule in seiner Hose und spürte, seinen fiebrigen Blick auf sich ruhen. Blitzschnell entfernte er seine Kleidung und eilte zu Stella auf das Sofa. Sie ließ ein rauchiges Lachen hören und zog Helgi an sich. Er bedeckte ihr Gesicht und ihre Brüste mit heißen Küssen und Stella, warf den Kopf in den Nacken. Sie war ausgehungert nach Liebe und menschlicher Nähe und Helgi gab ihr das Gefühl, lebendig zu sein. Für den Moment wollte sie das kalte, leere Haus, in dem sie zurzeit wohnte, vergessen. Wollte nicht an Sunna oder ihren toten Vater denken. Sie verlangte nach Leben, sog die Empfindungen, die Helgis Küsse in ihr auslösten, mit jeder Faser ihres Körpers auf. Stöhnend legte sie sich längs auf das Sofa und bog ihre Hüften in Helgis Richtung. Er drang mit den Fingern in sie ein, und Stella schrie lustvoll auf. Ihre Fingernägel krallten sich in seinen Rücken, und Helgi keuchte erregt auf. Ihre Lippen fanden sich zu einem glühenden Kuss und mit ihrer freien Hand, begann Stella Helgis Penis zu massieren. Er sah ihr tief in die grünen Augen und drang in sie ein. Stella stöhnte erleichtert und befreit auf, als sie gemeinsam den Höhepunkt erlebten.

Kapitel 8

Jón war endlich tot und Stella war sicher, dass niemand dieses Monster vermissen würde. Sunna hatte immer gesagt, er sei kein schlechter Mensch. Sie hatte ihn geliebt. Stella wusste, dass auch ihr Vater eine schwere Kindheit gehabt hatte, dennoch rechtfertigte das nicht sein Verhalten seinen eigenen Kindern gegenüber. Über die Jahre hinweg hatte sie einiges gehört. In einem kleinen Dorf bleibt ein Geheimnis nicht lange geheim, und Gerüchte machen die Runde. Auch ihre Mutter hatte ihr die Geschichte erzählt, die Jón ihr als junger Mann beichtete, als Stella sie fragte, warum Jón so sei. Nach und nach hatte sich für Stella ein Bild ihres Vaters ergeben...

Tag für Tag schuftete Jón auf dem Hof, den er nach dem Tod seines Vaters übernommen hatte. Die Farm war heruntergewirtschaftet, da Stellas Großvater lieber zur See gefahren war, als sich um Haus und Hof zu kümmern. Jón musste schon früh alleine die Verantwortung tragen. Als ältester von fünf Geschwistern war er bei Abwesenheit seines Vaters der Mann im Haus. Jón brach mit dreizehn Jahren die Schule ab, um seine Mutter auf dem Hof zu unterstützen. Er unterhielt keine sozialen Kontakte außerhalb der Familie, wollte mit keiner Menschenseele etwas zu tun haben. Die Mutter war sein Ein und Alles. Jón musste diese Frau abgöttisch geliebt haben, nur so konnte sich Stella erklären, dass er das Martyrium ausgehalten hatte. Ihre Großmutter war eine dominante und herrische Person, die streng gläubig und bibeltreu war. Sie züchtigte ihre Kinder mit harten Strafen und griff dafür auch gerne zu Kochlöffeln, Bügeln und Gürteln. Sie verteidigte sich, indem sie behauptete, nur so könne aus ihren Kindern ordentliche Christenmenschen werden. Auch Jón erfuhr Schläge, doch seine Mutter machte es immer wieder gut. Er durfte in ihrem Bett schlafen und sie lieben.

Als Stellas Mutter ihr diese Geschichte erzählte, überkam sie so etwas wie Mitgefühl für ihren Vater. Jón hatte seiner Frau das Herz ausgeschüttet und ihr die ganze Wahrheit erzählt, damals, als er noch ein junger Mann war und ein anderes Leben wollte.

„Glaub mir, Stella", sagte ihre Mutter, „er war früher nicht so. Sonst hätte ich ihn nie geheiratet."

Und dann erfuhr Stella mehr aus dem Leben des ihr verhassten Vaters.

Jón verstand die Notwendigkeit der strengen Erziehung und liebte seine Mutter umso mehr, dass sie versuchte, ihren Kindern Anstand einzubläuen. Wenn er des Nachts in ihren Armen lag und sie zärtlich seinen jungen Körper streichelte, vergaß Jón die blauen Flecken, die der dicke Holzlöffel am Nachmittag verursacht hatte. Schon damals war die Familie im Dorf nicht gern gesehen, obwohl seine Mutter jeden Sonntag in die Kirche ging. Doch man ließ sie in Ruhe. Die Leute scherten sich nicht um die Angelegenheiten anderer. Als jedoch Jóns Mutter schwanger wurde, änderte sich die Stimmung. Stella erfuhr, dass jeder wusste, dieses Kind stammte mit Sicherheit nicht von Baldur Erlingsson, da er sich auf See befand. Hinter vorgehaltener Hand munkelte man bereits, dass es sich um ein Kind aus inzestuöser Beziehung handelte. Jón hielt die offenkundige Ablehnung und die wüsten Beschimpfungen der Leute nicht mehr aus und verließ Djupivogur für einige Zeit. Er ging nach Akureyri und heuerte auf einem Walfangboot an. Die Arbeit war hart und sie gefiel Jón auch nicht sonderlich, jedoch wollte er mit allen Mitteln seine Vergangenheit aus seiner Seele brennen. Der Abstand von seiner Mutter tat ihm gut, und draußen, in der Weite des Atlantiks, dachte er zum ersten Mal über das verdorbene Verhältnis zu ihr nach. Plötzlich überkamen Jón Schuldgefühle und Gewissensbisse. Er fühlte sich dreckig und benutzt. Die Abhängigkeit zu seiner Mutter war wie eine Droge für ihn. Er merkte, wie sehr sie ihm schädigte. Es wurde ihm bewusst, welch krankhafte Liebe zwischen ihm und seiner Mutter war. Jón beschloss, dem ein Ende zu setzen, denn er konnte und wollte nicht mehr mit dieser Last leben. So schlich er sich eines Nachts aus seiner Kajüte und sprang, nach einem kurzen Stoßgebet mit der Bitte um Vergebung, von Bord. Die eisigen Wellen des Ozeans empfingen Jón, und er ließ sich dankbar sinken. Seine Kindheit und Jugend zog, wie er später erzählt hatte, an seinem inneren Auge vorbei, und er verabscheute sich. Nur der Tod hätte ihm Frieden bringen und seine Sünden abwaschen können.

Stella war verwundert, dass Ihr Vater so offen war, seiner Frau sogar seine innersten Gefühle mitzuteilen. Sie verstand nicht, warum er sich so verändert hatte, wo er doch die Möglichkeit bekam, ein besserer Mensch als seine Mutter zu werden.

Wie durch ein Wunder starb Jón nicht in dieser Nacht. Sein Fall wurde bemerkt, und die Fischer eilten ihm zur Hilfe. Sie zogen den tropfnassen und unterkühlten Mann an Bord und schafften ihn unter Deck. Die Tage darauf wurde Jón krank, und es stand erneut schlecht um sein Leben. Doch wieder überlebte er. Nach diesem Ereignis schmiss er den Job hin und ging zurück an Land. In einer Kneipe in Akureyri, in der er eigentlich seinen Kummer ertränken wollte, traf er Háfdis. Es dauerte nicht lange, und ein zarter Keim der Liebe entwickelte sich. Háfdis war sanftmütig und von ruhiger Natur. So kannte Stella ihre Mutter. Sie liebte Jón, trotz oder gerade wegen seines verkorksten Charakters.

„Es war vielleicht meine Naivität, die Jón dazu veranlasste, sich zu mir hingezogen zu fühlen", hatte damals Stellas Mutter offen bekundet. „Ich stellte keine Fragen, blickte nicht hinter die Fassade. Vermutlich war das ein Fehler, doch ich war verliebt in diesen hünenhaften Mann, mit dem roten Haar und den Augen mit der Farbe eines blauen Gletschers."

Für Stella war es unbegreiflich, sich ihre Eltern als Liebespaar vorzustellen. Kannte ihr Vater eigentlich die Bedeutung des Wortes Liebe?

Jón und Háfdis heirateten und kehrten gemeinsam nach Djupivogur zurück. Jón stellte fest, dass er nicht die Leidenschaft seines Vaters zum Meer teilte. Er wollte Bauer sein, nicht mehr. Das war nicht die beste Entscheidung, die Jón je getroffen hatte. Seine Mutter hasste ihre neue Schwiegertochter und machte ihr das Leben zur Hölle. Jón konnte nichts dagegen ausrichten. Wieder einmal befand er sich in dem Sog aus erbarmungsloser Dominanz und Machtbesessenheit. Seine Mutter hatte schon immer Gewalt über ihn gehabt und ihn mit ihrem Fanatismus angesteckt. Es dauerte nicht lange, da befand er sich in einem Strudel aus Perversitäten und Demütigungen. So unterhielt Jón zwei Beziehungen: die zu seiner jungen Ehefrau und zu seiner Mutter. Das Kind, welches aus der Mutter-Sohn-Beziehung stammte, kam missgebildet zur Welt und überlebte seinen ersten Lebensmonat nicht. Jón litt mit jedem Tag mehr, und damit war er nicht alleine. Háfdis wurde immer stiller und bereute zutiefst den Tag, an dem sie Jón begegnet war. Dann geschah etwas, was Stellas Mutter ihr nur angedeutet hatte, weil diese Tat so abscheulich war, dass sie eigentlich niemand erfahren sollte. Doch Stella drängte ihre Mutter. Sie wollte es wissen. Wollte sich selbst ein Bild davon machen, warum ihr Vater so geworden war. Háfdis gestand ihrer Tochter, dass sie ihrer Schwiegermutter den Tod wünschte. So schlich sie nachts hinter Jón her, als dieser wieder einmal seiner Mutter beiwohnte.

Unter Tränen berichtete sie Stella, was sie dort gesehen hatte.

Jón rollte sich auf die körperlich schwächere Frau und legte ihr die Hände um den Hals. Zuerst sanft, wie, um sein Vorhaben noch einmal abzuwägen und sein Innerstes zu erforschen. Doch allem Anschein nach gab es keinen Platz mehr in seinem Herz für seine Mutter. Er drückte zu. Seine Hände lagen wie eine eiserne Fessel um den Hals der Mutter und pressten ihr die Luft ab. Sie strampelte mit den Beinen, griff nach seinen Armen, um ihn davon abzubringen. Ihr Gesicht lief blau an und sie zuckte unter ihm im Todeskampf. Auf Jóns Gesicht machte sich ein diabolisches Grinsen breit, und er lockerte seinen Griff. Die Mutter japste sofort nach Luft. Als er spürte, wie sie sich entspannte, drückte er erneut zu. Scheinbar schien ihm diese Tortour zu gefallen. Er wiederholte die Folter wieder und wieder, bis es schien, dass er seine Erregung nicht mehr zügeln konnte. Jón schlug seiner Mutter ins Gesicht und nahm ihr erneut den lebenswichtigen Sauerstoff. Als sie im Begriff war, ihren letzten Atemzug zu tun, onanierte er auf den Leib der toten Mutter und brüllte seine Emotionen laut heraus. Als er sich ergossen hatte, blieb er auf ihr liegen und atmete schwer.

Von da an änderte sich Jóns Leben. Er bat nicht mehr um Sühne, sondern ging viel mehr daran, seine Frau zu unterdrücken. Jón hatte sich seiner Mutter entledigt, um nicht länger unter ihren Grausamkeiten leiden zu müssen. Nun war *er* es, der ebensolche Grausamkeiten an den Tag legte. Jóns Geschwister erfuhren nie, wie die Mutter gestorben war und Háfdis schwieg sich darüber aus. Niemand interessierte sich dafür, was auf Balðurshraun vor sich ging, und so wurde der Mord nie aufgedeckt.

Jón schickte seine Geschwister fort und von diesem Tage an, war Háfdis seinen Launen alleine ausgesetzt. Es kümmerte ihn wenig, dass sie schwanger wurde und noch weniger, als die Zwillinge auf die Welt kamen. Es mangelte ihm an jeglichem Gefühl für seine Familie. Um sich, so gut es ging, aus der Stadt fernzuhalten, befahl er Háfdis Beete anzulegen. Hochschwanger schuftete sie auf den steinigen Feldern, um daraus einen fruchtbaren Garten zu erschaffen. Es war eine mühevolle Arbeit, die Früchte und das Gemüse in den kurzen Sommermonaten zu hegen und zu pflegen. Jón isolierte seine Familie immer mehr. Nur mit größter Überredungskunst gelang es Háfdis ihn davon zu überzeugen, dass die Kinder in die Schule mussten. Er gestattete es, wenngleich er den Kindern eintrichterte, dass sie mit keinem ein Wort über ihre Familie reden sollten. Sunna und Stella gehorchten. Sie fürchteten sich vor ihrem Vater. Jón hatte sie von klein auf geprügelt und gequält, daher hatten die Mädchen Angst, ihren Vater zu verärgern.

Háfdis war eine gebrochene Frau und bewegte sich wie ein Schatten. Sie hatte längst aufgeben, sich vor ihre Töchter zu stellen. Als sie erneut schwanger wurde, wendete sich Jón von ihr ab. Háfdis ging es nicht gut. Sie hütete die meiste Zeit das Bett und war schwach und kränklich. Und da tat Jón das, was schon seine Mutter mit ihm machte. Er stillte seine perverse Gier an seinen Töchtern. Während Stella aus Angst, Scham und

Schmerz weinte und schrie, war Sunna ihrem Vater sehr zugetan. Hier lag der Grund dafür, dass Jón Stella schlug und Sunna verschont blieb. In stiller Unterwerfung war Sunna ihrem Vater dienlich, denn sie merkte schnell, dass sie dadurch eine Menge Vorteile bekam. Wie eine abgebrühte Femme Fatale lernte sie schon früh, wie sie ihren Vater um den Finger wickeln konnte. Nie kam ein einziges Wort der Klage über ihre Lippen, nie eine Beschwerde oder gar Kummer. Sie ertrug das Schicksal mit der ihr angeborenen Härte und Abgestumpftheit.

Stella lag schweißgebadet neben Helgi auf der Couch. Sie hörte seinen schweren Atem, denn er war nach dem Sex mit ihr aus der Puste. Stella starrte an die weiße Decke und zählte die Halogenstrahler, die dort eingelassen waren. Es war lange her, seit sie mit einem Mann zusammen war. Helgi drehte sich zu ihr herum und streichelte ihren kleinen, festen Busen.

„Das war fantastisch", murmelte er und küsste Stella auf die Wange.

„Mag sein", erwiderte Stella und drehte Helgi den Rücken zu.

Es hatte ihr nicht gefallen. Ganz und gar nicht. Stella hatte Lust verspürt und diese gestillt. Mehr war da nicht gewesen. Sie fühlte sich schlecht, dreckig und benutzt. Dabei war Helgi wirklich nett und überaus zärtlich, doch Stella bereute ihre Tat. Sie hatte sich gehen lassen, so als wäre sie nicht Herr ihrer Sinne. Als er mit dem Finger ihre Wirbelsäule entlangfuhr, schüttelte Stella sich.

„Du bist eine tolle Frau, Stella", sagte er und ließ seine Finger zu ihrem Po gleiten.

Stella versteifte sich. Warum konnte sie solche Berührungen nicht wie jede andere Frau genießen?

Helgi glitt mit den Fingern an Stellas Poritze entlang, bis er die noch immer feuchte Vagina erreichte. Sanft strich er über den Kitzler, und Stella stöhnte auf.

„Ich hätte gerne, dass wir uns wiedersehen", raunte Helgi, während er mit seinen Fingern in sie eindrang. „Du musst doch nicht unbedingt zurück nach New York. Mein Haus ist groß genug, Stella. Weißt du, ich war schon früher in dich verliebt und daran hat sich nichts geändert."

Für Stella war die eben noch verspürte Lust mit einem Schlag vorbei. Sie rückte von Helgi ab und stand auf.

„Was hast du denn jetzt?", fragte er enttäuscht.

„Gar nichts", erwiderte Stella schroff und suchte ihre Kleidung zusammen. „Hör zu, Helgi. Der Tag war ganz nett, aber ich will keine Beziehung. Und schon gar nicht hier", fügte sie hinzu.

Helgi rollte sich seufzend auf den Rücken.

„Du meinst, das war es? Ein One-Night-Stand, nicht mehr?"

Stella nickte.

„Ich bin für mehr einfach nicht bereit. Außerdem habe ich ein Leben in Amerika, das gebe ich doch nicht für einen kleinen Nachmittagsfick auf." Sie lachte.

„Wie kommst du überhaupt darauf, das mit uns könnte was Ernstes sein? Wir haben uns ewige Zeiten nicht gesehen. Du kennst mich gar nicht."

Sie sah, dass Helgi tief gekränkt war. Sie hätte wenigstens so zu tun können, als würde sie darüber nachdenken. Stattdessen lachte sie ihn aus.

„Kannst du mich nach Hause bringen?", fragte Stella und band sich das Haar zusammen.

Helgi zögerte einen Moment, doch dann raffte er sich auf und zog sich an.

„Können wir?", wollte sie ungeduldig wissen, und Helgi nickte.

Diesmal öffnete Helgi nicht Stellas Tür, sondern setzte sich schweigend neben sie in den Wagen. Unterwegs sprachen sie nicht miteinander. Stella machte sich Vorwürfe, dass sie es so weit hatte kommen lassen. Sicher, sie dachte in den vergangenen Stunden weder an Sunna noch an ihren Vater. Doch jetzt war sie wieder in der Realität und auf dem Weg in das verhasste Haus. Stellas Magen knurrte. Sie hatte seit ihrer Ankunft nicht gerade viel gegessen, doch Sunnas Gegenwart schnürte ihr den Magen zu. Und sie bemitleidete Helgi, dass sie ihn verletzte. Aber es war das Beste für ihn. Er sollte so früh wie möglich merken, dass er einen fatalen Fehler beging, wenn er sich mit ihr einließ. Dabei sehnte sie sich nach Geborgenheit und Liebe, und doch stieß sie Helgi vor den Kopf. Sie befand sich in einem Zwiespalt, der ihr Kopfzerbrechen bereitete. Was wenn sie die einzige Chance auf Liebe verpasste, wenn sie Helgi jetzt zurückstieß? Aber konnte sie ihm vertrauen? Sie hatte sich verändert und Helgi war auch ein anderer geworden. Zwischen seinem und ihrem Leben lagen Welten. Stella befürchtete, er würde sie nicht verstehen. Elaine riet ihr, sich anderen Menschen zu öffnen, aber einem Mann? Wobei Helgi mit Sicherheit nicht die schlechteste Wahl war. Bei ihm musste sie nicht lügen, sich keine Geschichten ausdenken. Er kannte ihre Vergangenheit. Er *war* ihre Vergangenheit. Warum also nicht auch die Zukunft miteinander teilen?

Stella seufzte leise. Warum war das Leben so kompliziert? Sie brauchte Zeit um sich darüber klar zu werden, was sie eigentlich wollte. Sunnas krankhafte, zerstörerische Persönlichkeit, schien immer mehr auf Stella abzufärben und das machte ihr Angst. Ohne dass sie es merkte, zog der Strudel sie immer weiter in den Abgrund.

Die Fahrt war nicht allzu lang, dennoch kam es Stella wie eine Ewigkeit vor. Das peinliche Schweigen war unerträglich, jedoch fiel Stella nichts ein, was sie hätte sagen können. Es gab keine Worte dafür. Nichts, mit dem sie die gefühlsmäßige Achterbahn beschreiben konnte, in der sie sich befand. Ein Teil von ihr wäre gerne bei Helgi geblieben. Er war ein so sanfter, gutmütiger Mann, der sie bestimmt auf Händen durchs Leben tragen würde. Doch die nagenden Zweifel auf der anderen Seite machten es Stella unmöglich, sich auf ihn einzulassen. Wie der kleine Engel auf der einen Schulter und der Teufel auf der anderen war Stella hin und hergerissen zwischen Zuneigung und Abwehr.

Helgi passierte den Schotterweg. Patch kam ihnen entgegen gelaufen und rannte bellend vor den Pajero.

„Pass auf", rief Stella erschrocken, denn offensichtlich sah Helgi den Hund nicht.

Helgi trat erschrocken auf die Bremse.

„Was ist?", fragte er schroff und sah durch die Frontscheibe.

Patch kam an Stellas Wagentür und sie atmete erleichtert auf.

„Schon gut. Alles in Ordnung", antwortete sie entspannt und lächelte.

„Kann ich dich alleine lassen?", wollte Helgi wissen und zog fragend seine Augenbrauen nach oben.

„Ich bin nicht alleine", erwiderte Stella und bemerkte Helgis skeptischen Gesichtsausdruck. „Ich komm schon klar. Mach dir keine Sorgen um mich." Sie berührte leicht Helgis Bein.

„Wenn etwas ist, ruf mich an, versprochen?", drängte er.

„Großes Ehrenwort", gab Stella lachend zurück und stieg aus.

Sie winkte Helgi durch das geschlossene Fenster noch einmal zu und lief ins Haus.

Kapitel 9

Sunna saß in der Küche auf dem Stuhl und hielt krampfhaft eine Flasche Wodka in ihren Händen. Stunden waren seit dem Zusammenstoß in der Kirche vergangen, doch sie hatte scheinbar auf Stella gewartet und sich an dem Alkohol gütlich getan.

„Hast du dich vergnügt?", rief sie lallend, als sie Stellas Schritte vernahm. Schrill, durchdringend.

Stella atmete tief ein. Sunnas Stimme war wie ein bohrender, nagender Kopfschmerz, der sich nicht abstellen ließ. Sie wollte sich nicht mehr einschüchtern lassen, also betrat sie mit durchgedrücktem Rücken die Küche.

„Ja", antwortete sie und zog bei Sunnas Anblick die säuberlich gezupften Augenbrauen in die Höhe. „Du aber auch, wie es mir scheint." Sie grinste in sich hinein, als sie Sunnas missmutiges Schnauben hörte.

Gemächlich goss Stella ein Glas Wasser ein und lehnte sich lässig an die Spüle.

„Warum sitzt du hier und betrinkst dich? Du bist doch nicht etwa eifersüchtig?"

„Auf dich?", meinte Sunna abfällig. „Bilde dir bei Helgi ja nichts ein. Der treibt es mit jeder."

Stella lachte hell auf.

„Mit jeder, ausgenommen dir, meinst du wohl. Arme Sunna. Lebst ganz alleine hier draußen, mit nichts weiter als einem alten Hund und dem Gekreische der Möwen."

Als Stella Sunnas rotes Gesicht sah, fuhr sie fort: „Du tust mir wirklich leid, Schwesterherz. All die Jahre mit diesem Bock haben dich griesgrämig werden lassen. Und ja, du bist auf mich eifersüchtig. Das warst du schon immer. Niemand mag dich. Du vergiftest alle um dich herum. Doch weißt du was ...", sie beugte sich nah an Sunnas Gesicht, und der Geruch des Wodkas schlug ihr entgegen, „ich lasse mich von dir nicht mehr vergiften. Verstehst du das? Ich will dich weder in meinem Leben noch in meinen Gedanken haben, Sunna. Ich werde bald wieder abreisen und nie wieder etwas mit dir zu tun haben."

Für den Bruchteil einer Sekunde bekamen Sunnas Augen einen traurigen Ausdruck, doch sie zischte hasserfüllt: „Du wirst mich nicht los, Stella. Du kannst nicht davonlaufen. Die Vergangenheit klebt dir an den Fersen wie Hundedreck und ist immer schon da, bevor du überhaupt angekommen bist." Sie grinste teuflisch und trank einen Schluck Wodka. „Je mehr du versuchst, dich von mir zu entfernen, desto mehr zerstörst du dich selbst. Ohne mich wärst du verloren, Stella, denn du hättest nichts, worauf du heruntersehen könntest. Du brauchst mich, damit du dich besser fühlst."

Stella zitterte am ganzen Körper. Sunna hatte auf ihre kranke Art Recht, und die Erkenntnis darüber, traf sie wie ein Schlag.

„Ich brauche dich nicht", sagte sie mit bebender Stimme. „Ich habe dich die letzten zehn Jahre nicht gebraucht und werde es auch in Zukunft nicht tun. Wir haben nichts gemeinsam, du und ich. Was könnte mir aus deinem armseligen Leben nützlich sein?"

Sunna sprang ohne Vorwarnung auf und packte sie unsanft bei den Schultern. Stella schrie vor Schreck auf. Das Wasserglas entglitt ihren Händen, fiel zu Boden und zersprang in tausend Scherben.

„Wir haben nichts gemeinsam?", brüllte Sunna und schüttelte Stella heftig. „Dann sieh hier." Sie zog Stella hinter sich her, und drückte ihr Gesicht gegen den Spiegel im Flur.

„Sieh dich an, Stella. Das ist *mein* Gesicht. Du und ich wir sind eins, kapierst du das? Immer wenn du in einen Spiegel schaust, siehst du mich. Tag für Tag, dein Leben lang. Du wirst mich nicht los." Sie versetzte Stellas Kopf einen Stoß, und diese prallte mit der Stirn gegen das kalte Spiegelglas.

„Du bist ja wahnsinnig", schrie Stella und rieb sich die schmerzende Stelle. „Du gehörst in die Klapse."

Sunna lächelte nur bösartig und schlurfte davon.

„Du musst es ja wissen", murmelte sie und ließ sich mit einem lauten Seufzer in den alten Sessel ihres Vaters fallen.

Stellas Körper bebte. Sie bekam es immer mehr mit der Angst zu tun und so rannte sie in ihr Zimmer und verriegelte die Tür. Verzweifelt warf sie sich aufs Bett.

„Warum bin ich nur hergekommen?", brüllte sie in das Kopfkissen und boxte mit der Faust dagegen.

So lag sie längs auf ihrem Bett, haderte mit sich und ihrer Entscheidung nach Island zurückgekehrt zu sein. Sie hatte keine Ahnung, wie lange sie schlief, als sie von einem Geräusch geweckt wurde. Stella blinzelte und hatte wieder einmal heftige Kopfschmerzen. Ihre Augen waren verquollen, die Wimperntusche hinterließ unschöne Streifen in ihrem Gesicht und auf dem Kopfkissen und sie stellte fest, dass sie noch immer ihre komplette Kleidung trug. Doch all diese Tatsachen rückten in den Hintergrund, angesichts der Töne die sie vernahm. Stella setzte sich auf. Es war wie ein Kratzen, genauso wie in der Nacht zuvor. Jemand stand vor der Tür, Stella konnte den Schatten durch den Spalt sehen.

„Hau ab, Sunna", rief sie laut, doch der Schatten blieb.

Stella tastete im Dunklen nach dem Lichtschalter der Nachttischlampe. Die Glühbirne war defekt und es blieb stockdüster.

„Scheiße", murmelte sie und drückte immer wieder auf den Lichtschalter.

Plötzlich dachte sie, sie würde das leise Weinen kleiner Kinder hören und fröstelte. Die schäbigen Wände kamen immer näher. Stück für Stück schoben sie sich zusammen und raubten Stella die Luft zum Atmen. Immer weiter, bis sie sich schließlich in einem winzigen, engen Raum befand. Panik und ein Anfall von Klaustrophobie kroch in ihr hoch. Ängstlich blickte sie zur Tür. Der Schatten war noch da.

„Verschwinde", schrie sie hysterisch. „Geh endlich weg."

Aus dem Nachbarbett tropfte Blut. Stella riss ungläubig die Augen auf, als sich auf dem schmutzigen Laken eine große Blutlache bildete. Leises, von Schmerzen gezeichnetes Weinen kroch langsam über den Dielenboden durch den gesamten Raum. Stella bekam krampfartige Bauchschmerzen und hielt sich heulend den Unterleib. Der Schmerz war wie tausend Messer, die unkontrolliert auf sie einstachen. Entkräftet rollte sie sich in ihrem Bett hin und her, versuchte den Schmerz, der sie fast zerriss, weg zu atmen. Sie spürte, dass ihre Hände feucht waren. Langsam, so als wüsste sie bereits, was sie zu sehen bekam, hob sie die Hände und blickte erschrocken auf ihr eigenes Blut. Ein entsetztes Wimmern kam über ihre Lippen.

„Kein Wort. Hast du das verstanden? Ich will kein Wort hören", hallte es in ihrem Kopf.

Dann setzte das Gepolter schwerer Stiefel ein. Stella hielt sich die Ohren zu und versuchte, ihre Gedanken zu ordnen. Ihre Glieder waren eiskalt und sie war starr vor Angst. Mit klammen Fingern griff sie in ihre Handtasche und tastete nach dem Handy. Entsetzt stellte sie fest, dass der Akku leer war.

„Das kann nicht sein", wisperte sie.

Im Flur fiel etwas polternd zu Boden, und Stella zitterte beklommen. Wieder schlurften die Stiefel über die Dielen und plötzlich hämmerte jemand an die Tür. Stella hielt den Atem an, während sie das Gefühl hatte, eine kalte Hand lege sich auf ihren Rücken und streichelte sie. Ein Schütteln durchfuhr sie. Die Hand kroch höher und griff nach ihren Haaren. Stellas Kopf wurde unsanft zurückgerissen, und sie schrie panisch auf. Sie konnte sich nicht erheben. Eine bleischwere Last hinderte ihre Beine daran, aufzustehen. Stella war gefangen. Eingesperrt in ihrer eigenen Paranoia. Das Röhrchen mit den Schlaftabletten lachte sie vom Nachtisch an, und Stella nahm es in die Hand. Für den Bruchteil einer Sekunde erwog sie, die kleinen Pillen in sich hineinzuschütten. Doch sie besann sich und nahm stattdessen nur eine Tablette. In ihrem Kopf drehte sich alles, jedoch verstummten wenigstens die Stiefel.

„Stella", flüsterte der Wind, und Stella glaubte, die Stimme ihrer Mutter zu hören.

Die Türe öffnete sich einen Spalt, aber Stella sah nicht hin. Sie wiegte ihren Oberkörper vor und zurück und murmelte unentwegt:

„Das kann nicht sein. Das ist bloß ein Traum."

Sie verharrte die ganze Nacht in dieser Position, bis ihr Kopf vor Müdigkeit nach vorne fiel und sie einschlief.

Stella schreckte am nächsten Morgen durch Patchs Gekläffe hoch. Erstaunt stellte sie fest, dass sie zugedeckt im Bett lag. Ihr Nacken schmerzte, und sie fühlte sich, als hätte sie sich am Abend zuvor sinnlos betrunken. Stella sank zurück auf das Kissen und blieb mit geschlossenen Augen liegen. Das alles, was in der letzten Nacht geschehen war, war offensichtlich nur ein Traum gewesen. Stella war wie gerädert. '*Warum bin ich überhaupt noch hier?*', überlegte sie und beschloss, die Fluggesellschaft anzurufen. Doch zunächst musste sie etwas essen. Es war schon der dritte Tag ohne Nahrung und langsam bekam sie Gleichgewichtsprobleme. Wie in Zeitlupe verließ Stella das Nachtlager. Jeder Knochen in ihrem Körper schmerzte, und in ihrem Kopf hämmerte es grauenvoll. Sie stöhnte und fuhr sich mit der Hand über die Augen. Sie war sich sicher, keinen Schluck Alkohol getrunken zu haben, und doch hatte sie einen schlimmen Kater. Als sie sich erhob, schwankte alles um sie herum. Schwach hielt sich Stella am Nachttisch fest, und ihr Blick fiel auf die hässliche Lampe mit dem grünen Schirm. Einem Impuls folgend, betätigte sie den Lichtschalter und die Lampe erstrahlte in einem hellen Licht.

„Das ist doch..." In ihrer Kehle krabbelte ein Lachen empor und gleichzeitig schossen Tränen in ihre Augen. Sie begann ernsthaft an ihrem Geisteszustand zu zweifeln und befürchtete, den Verstand zu verlieren. Sie stolperte durchs Zimmer und entriegelte die Tür. Es konnte niemand in der Nacht im Zimmer gewesen sein, denn die Tür war nach wie vor verschlossen. Stellas Beine gaben immer wieder nach, als sie ins Bad wankte. Durch das Fenster im Badezimmer konnte sie Sunna draußen auf dem Traktor sehen. Stella wusste nicht einmal, wie spät es war. Als sie ihr Spiegelbild erblickte, erschrak sie. Ein jämmerliches Etwas blickte sie aus tiefliegenden, rotgeränderten Augen an. Ihre Haut war blass und fahl, und sie hatte dunkle, schwarze Augenringe. Die Wangenknochen standen noch weiter hervor, als sie das ohnehin schon taten. Ihr rechtes Augenlid zuckte unaufhörlich. Stella erkannte sich selbst nicht wieder.

Wie war es möglich, dass ein Mensch sich binnen dreier Tage so veränderte? Wieder warf sie einen Blick aus dem Fenster. Der Traktor tuckerte gemächlich in Richtung Feld. Sunna würde für Stunden beschäftigt sein. Statt unter die Dusche zu gehen, taumelte Stella zurück in den Flur. Seit sie hier war, hatte sie nur die Küche und ihr Zimmer gesehen. So schnell sie konnte, huschte Stella über den Flur ins ehemalige Schlafzimmer ihrer Eltern. Als sie den Raum betrat, schlug ihr ein abgestandener und muffiger Geruch entgegen. Die Vorhänge waren zugezogen, und es war trotz der sommerlichen Temperaturen, die draußen herrschten, kalt wie in einer Gruft. Das große Bett nahm mehr als die Hälfte des Raumes ein. Daneben stand ein alter Kleiderschrank, der bis unter die Zimmerdecke reichte. An der Wand hinter dem Bett hing immer noch das alte Gemälde eines Fischerbootes in stürmischer See. Über dem gemachten Bett lag eine verblichene, rosafarbene Tagesdecke, die an einigen Stellen Risse aufwies. Der ganze Raum war staubig und voller Spinnweben. Stella war entsetzt. '*Schläft Sunna etwa in diesem Grab?*', dachte sie erschrocken. '*Kein Wunder, dass sie so griesgrämig ist.*' Stella suchte nach einem Andenken ihrer Mutter. Ein Bild, einen Ring, irgendetwas, das sie an sich nehmen konnte. Sie öffnete die knarrende Schranktür und wich einen Schritt zurück. Es stank fürchterlich. Stella konnte den Geruch nicht definieren. Es war eine Mischung aus feuchter Wäsche, Mottenkugeln, Staub, Dreck, und Stella meinte, sogar Urin zu riechen. Doch noch etwas anderes lag in der Luft. Stella kam zunächst nicht drauf, was es war, doch als sie mit kalten Fingern die Kleidung beiseiteschob, sprang sie mit einem Aufschrei zurück. Auf dem Boden des Schrankes lag in gekrümmter Haltung eine tote Katze. Stella presste die Hand vor den Mund und rannte ins Bad, um sich zu übergeben. Sie würgte ein paar Mal und hatte furchtbare Magenkrämpfe. Ihr Körper war geschwächt, und sie erbrach nichts weiter, als grünen Gallensaft.

Sie legte die Stirn auf die kühle Toilettenschüssel und bekam einen Weinkrampf. Das war alles zu viel. Wenn sie sich nicht so elend fühlen würde, und dadurch den Beweis für ihren Wachzustand hätte, würde sie annehmen, dass sie träumte. Sie versuchte sich, zu entspannen. Sie musste die Übelkeit unter Kontrolle bringen. Hastig trank sie einen Schluck aus dem Wasserhahn und schleppte sich zurück ins Schlafzimmer. Als sie erneut den Katzenkadaver sah, schüttelte sie sich und warf eine Decke über das tote Tier. Hastig durchwühlte sie den Schrank auf der Suche nach Dingen von ihrer Mutter. Es war, als hätte die Frau nie existiert. Stella riss die Sachen aus dem Schrank, öffnete die nächste Tür und durchforstete angestrengt das Innenleben. Nichts. Stella war einer Verzweiflung nahe. Sie suchte in den Nachttischen weiter, doch auch hier war nichts zu finden. Keine persönlichen Dinge, weder von ihrer Mutter noch von Sunna. Voller Zorn und Enttäuschung schleuderte sie die Hemden ihres Vaters an die Wand. Mit den Füßen trampelte sie darauf herum und schrie ihre Wut laut heraus. Stella verließ das Chaos und lief nach unten. '*Irgendwo muss es doch etwas geben*', überlegte sie, während sie die Treppe hinunterschlitterte und fast das Gleichgewicht verlor. Das Treppengeländer wackelte bedrohlich und wollte unter der Last nachgeben. Mit zittrigen Knien schaffte sie es dennoch vor die Wohnzimmertür. Sie wollte dort nicht hineingehen, nicht den Sessel sehen, in dem *Er* gehockt hatte. Sie hörte den Traktor und warf schnell einen Blick ins Freie. Sunna schien noch beschäftigt zu sein. '*Jetzt oder nie*', dachte Stella entschieden und betätigte mit angehaltenem Atem die Türklinke. Die Tür öffnete sich knarrend, und Stella steckte zuerst vorsichtig den Kopf ins Zimmer. Angespannt, als erwartete sie, dass ihr Vater jeden Moment aus dem Sessel aufstand, betrat sie den Raum und schloss die Tür hinter sich. Sie fröstelte und rieb sich die Arme. Ein eisiger Hauch streifte sie und abermals dachte sie, Stimmen zu hören. Sie wagte einen Schritt und dann noch einen. Schließlich war sie beim Sessel angekommen und streckte eine Hand danach aus. Zittrig, beinahe ängstlich, als wollte sie einen bissigen Hund streicheln, strich Stella über das abgenutzte Leder. Als sie das raue Material unter ihren Fingern spürte, bekam ihr Gesicht einen verkrampften Ausdruck. Auf der verblichenen Sitzfläche war noch die Mulde zu sehen, wo Jón immer saß und sie spürte seinen keuchenden Atem. Stellas Knie knickten ein und nur mit größter Anstrengung fiel sie nicht hin. *Er* war noch hier, dessen war sie sich ganz sicher. Er würde nicht eher ruhen, bis seine Tochter tot war, so tot wie alles in diesem grässlichen Haus. '*Du wirst mich nicht bekommen, du Mistkerl*', dachte sie trotzig. Immer noch lag ihre Hand auf dem braunen Leder.

Sie hasste diesen Sessel, obgleich es nur ein Möbelstück war. Doch zu viel war geschehen. Er roch sogar noch nach *Ihm*. Es war der Duft der Hölle, das pure Böse krabbelte aus dem Leder dieses alten Sessels. Stella wandte sich ab und widmete ihre Aufmerksamkeit der massiven Schrankwand. Sie wusste, dass die Familie Fotoalben besessen hatte. Es waren nicht viele, weil es nicht viele schöne Momente gab, die man in ein Familienalbum einkleben hätte können. Hastig öffnete Stella die Schranktüren und sah hinein. Sie waren leer. Bis auf eine dicke, graue Staubschicht befand sich absolut nichts hinter diesen Türen. Stella brüllte auf.

„Das ist unmöglich", rief sie entgeistert.

Sie starrte in die Glasfront des Schrankes, doch außer ein paar staubigen Gläsern befand sich nichts dahinter. Mit voller Wucht riss sie die nächste Türe auf, doch auch dort fand sich nichts. Stella ließ sich auf die Knie fallen. Es war, als hätte hier nie jemand gelebt. Keine greifbaren Erinnerungen waren vorhanden, nur die, die in ihrem Kopf umhergeisterten. Ihr Vater musste doch mit irgendetwas gelebt haben. Und Sunna. Sunna war eine junge Frau. Wie konnte sie das hier aushalten? Stella schlug die Hände vors Gesicht. Sie befürchtete, langsam aber sicher durchzudrehen. Plötzlich sprang sie auf. *'Die Fluggesellschaft'*, fiel es ihr ein.

Stella rappelte sich hoch und strich sich eine verirrte Haarsträhne aus dem Gesicht. Sie rannte in die Diele zu dem altmodische Telefonbänkchen und nahm den Hörer des orangefarbenen Telefons ab. Kein Ton. Stella hämmerte auf das Telefon ein, doch es blieb mucksmäuschenstill.

„Verdammt! Verdammt, verdammt, verdammt", schrie sie ärgerlich und warf den Hörer gegen die Wand.

Das orange Plastik hielt dem Wurf nicht stand, und die Sprechmuschel platzte ab. Der Hörer lag nun demoliert auf dem grünen Bezug der Bank, und Stella starrte ihn wütend an.

„Das geschieht dir recht", brüllte sie hysterisch und lief in ihr Zimmer.

Sie kramte in ihrer Handtasche nach dem Mobiltelefon. Das Display leuchtete blau, und Stella schüttelte verwundert den Kopf. Es war genauso, wie mit der Nachttischlampe – es funktionierte einwandfrei. Immer noch perplex ließ sie sich mit Icelandair verbinden. Als sich endlich eine freundliche Stimme meldete, stotterte Stella aufgeregt drauf los.

„Ich bin Stella Jones. Ich muss meinen Flug umbuchen", sagte sie atemlos.

Die Dame am anderen Ende der Leitung tippte etwas in ihren Computer.

„Hast du die Flugnummer?", fragte sie.

Stella sah sich verwirrt um. Wo hatte sie das Ticket hingelegt?

„Nein", antwortete sie. „Ich bin vor fünf Tagen aus New York gekommen. Stella Jones", wiederholte sie.

„Ich kann unter dem Namen nichts finden", gab die Frau zurück. „Ich sehe keine Buchungen auf diesen Namen."

„Das kann nicht sein", erwiderte Stella leise. „Ich bin vor fünf Tagen aus New York gekommen und in Keflavik gelandet. Ich ..." Stella ließ das Handy sinken und drückte das Gespräch weg.

Die Gedanken überschlugen sich in ihrem Kopf. Stella war nicht mehr fähig, rational nachzudenken. Sie war abgeschieden von der Welt. Kein Flug, kein Computer, keine Menschen, denen sie vertraute. Mittlerweile war sie sich nicht einmal mehr sicher, ob sie vor fünf Tagen *tatsächlich* nach Island gereist war. Ihre Gedanken wurden immer verworrener. Sie war Stella Jones, Amerikanerin aus New York City. Was um alles in der Welt war mit ihr geschehen? Einem Impuls folgend, drückte sie die Wahlwiederholung. Die Dame von Icelandair meldete sich erneut.

„Würdest du bitte nachsehen, ob vor fünf Tagen eine Hjördis Stella Jónsdottir aus New York angekommen ist?", fragte Stella tonlos.

Es folgten einige Sekunden, in denen die Icelandair-Angestellte etwas in ihren Computer tippte.

„Ja", antwortete sie. „Eine Hjördis Stella Jónsdottir ist vor fünf Tagen gelandet. Kann ich sonst noch etwas für dich tun?"

Das Handy entglitt Stellas Hand und sie erbrach sich. Tränen rannen ihr über das Gesicht, doch sie nahm es nicht wahr.

„Ich bin Stella Jones, und ich bin Amerikanerin", flüsterte sie leise. „Ich gehöre hier nicht her."

Eine fremde, angsteinflößende Macht nahm Besitz von ihr und Stella konnte sich nicht befreien. Wie ein Dämon, der seine Arme immer enger um sie schlang und sie mit in den Abgrund riss.

Sie musste mit Sunna reden! Sofort!

Während Stella barfuß ins Freie rannte, fiel ihr etwas ein. Wo war Patch? Sie hatte den Hund den ganzen Morgen noch nicht gesehen. Nur einmal bellte er kurz, und dann war es leise. Totenstill. Kein Vogel, kein Insekt, kein Autolärm. Nur das gleichmäßige Rauschen des Windes und der Wellen. Sie betete im Stillen, Sunna möge dem Tier nichts angetan haben. Stella lief über den steinigen Weg, der hinter das Haus führte. Sie spürte die Schmerzen an ihren Füßen nicht. Die scharfkantigen Steine bohrten sich durch die Haut ihrer Fußsohlen und rissen diese auf.

„Sunna", rief Stella laut. „Sunna, wo bist du?"

Sie stolperte über einen Stein und fiel der Länge nach hin. Ihr schwarzer Rock, den sie immer noch von der Beerdigung trug, war dreckig und fleckig. Die Naht des Schlitzes war aufgerissen, und ihre Knie durch den Sturz abgeschürft. Ihre Haare hingen strähnig ins Gesicht. Sie gab ein jammervolles Bild ab, wie sie dort auf dem Boden kauerte, inmitten einer steinigen Einöde. Sie hörte das Meer. Sie konnte es riechen, es fühlen. Es war gleich hinter der nächsten Biegung beim Feld. Dort waren die Klippen, die ihrem Bruder und der Mutter das Leben kosteten. Stella rappelte sich hoch und lief. Lief, so schnell es ihre müden Beine zuließen. Sie wollte zum

Meer. Sie wollte seine Energie spüren, um sich wieder lebendig zu fühlen. Ihre Augen waren nur noch auf den Horizont gerichtet, daher überhörte sie die Autohupe hinter sich. Stella eilte barfuß weiter. Ihre Füße bluteten, doch ihr Geist war ausgeschaltet. Immer weiter trieb sie die Gier nach dem mächtigen Gewässer. Sie rannte, bis sie schließlich am Rand der Klippen zusammenbrach.

„Mama", flüsterte sie. „Jetzt bin ich bei dir."

Kapitel 10

Stella hatte das Gefühl zu fliegen. Sie wollte die Arme ausbreiten, doch sie hingen bleischwer an ihrem Körper. Trotzdem fühlte sie sich seltsam geborgen, denn sie wusste, dass sie nicht alleine war.

Ihr letzter Gedanke, bevor sie zusammenbrach, galt ihrer Mutter. Sie spürte, dass jemand sie vom Boden hob.

„Was hast du dir nur gedacht?", drangen Helgis Worte, wie durch einen Nebel, an ihr Ohr.

Stella schlang ihre Arme um seinen Hals, während Helgi sie ins Haus trug.

Nur wenige Augenblicke später fand sie sich in ihrem Bett wieder. Helgi redete ununterbrochen sanft auf sie ein, und sie merkte, wie er ihr fürsorglich mit einem kalten Tuch das Gesicht wusch. Stella blinzelte ihn an.

„Helgi?", flüsterte sie fragend und schloss wieder die Augen.

Seine Hand strich leicht über ihr Haar, und Stella lächelte schwach. Wie immer war Helgi an ihrer Seite, und das gab ihr ein sicheres Gefühl.

„Ruh dich aus, Stella. Ich werde dir was zu essen holen", sagte er leise.

Ihre Lider flatterten, und sie lächelte dankbar. Helgi deckte sie zu und ging in die Küche. Als er wieder in Stellas Zimmer kam, saß sie auf der Bettkante und hatte die Hände im Schoss gefaltet.

„Du bist auf", stellte Helgi fest und lächelte. „Ich habe hier einen starken Kaffee für dich und ein Brot", meinte er und stellte den Teller umständlich auf dem Nachttisch ab.

„Danke", gab Stella zur Antwort. „Seit wir uns wieder gesehen haben, findest du mich in den unmöglichsten Situationen vor. Du musst denken, ich sei total verrückt." Sie seufzte. „Mittlerweile denke ich das ja selbst."

„Ich habe unten gesehen, was du getan hast", begann Helgi zögerlich. „Bitte sei mir nicht böse, aber was zum Teufel hast du gesucht, Stella? Das Telefon ... ich habe es wieder zusammengebaut. Uraltes Teil. So etwas habe ich zuletzt in meiner Kindheit gesehen."

Stella betrachtete mit schmerzverzerrtem Gesicht ihre blutigen Füße.

„Ich kann ..., ich kann dir nicht einmal sagen, warum ich das gemacht habe. Es ist alles irgendwie verworren", meinte sie und sah Helgi hilfesuchend an.

„Das kann schon mal passieren, nachdem man Alkohol getrunken hat", antwortete er und setzte sich neben Stella aufs Bett.

„Wie meinst du das, Alkohol getrunken?", sagte sie empört. „Ich habe keinen Tropfen getrunken."

„Stella, ich habe die Flasche in der Küche gefunden. Da ist doch nichts dabei. Das ist doch wohl schon jedem passiert. Außerdem hattest du einen schweren Tag." Helgi tätschelte mitfühlend Stellas Hand, doch sie entriss sie wieder.

„Wenn ich es dir doch sage, Helgi. Ich habe nichts getrunken", rief sie aufbrausend. „Ich trinke so gut wie nie. Das war Sunna. Sie war gestern Abend betrunken, als ich nach Hause kam."

„Sunna?", fragte Helgi verwirrt. „Aber Stella ...."

„Siehst du, was sie getan hat?", unterbrach sie ihn und deutete auf ihre Stirn. „Diese Irre hat mich mit dem Kopf gegen den Spiegel geschubst." Sie erhob sich langsam und versuchte mit den verletzten Füßen ein paar

Schritte zu laufen. Es brannte höllisch. Stella hatte unzählige kleine Steinchen unter den Fußsohlen und sie bohrten sich bei jedem Schritt tiefer ins Fleisch.

„Helgi, irgendetwas geht hier vor sich, aber ich werde herausbekommen, was es ist", sagte sie im Verschwörerton, während sie im Zimmer auf und ab lief. „Weißt du, was ich entdeckt habe? Eine tote Katze! Im Kleiderschrank meines Vaters. Wenn du so lieb wärst, sie zu entsorgen, wenn du gehst. Das wäre ganz großartig. Dann habe ich nach Dingen von meiner Mutter gesucht. Du weißt schon, Fotos, Schmuck – irgendetwas, was ich als Andenken mitnehmen kann. Nichts! Es gibt rein gar nichts von ihr. Dieser Bastard muss alles weggeschmissen haben."

„Oder Sunna war es", grübelte Stella laut. „Dasselbe im Wohnzimmer. Die Schränke sind absolut leer. Ich will abreisen, Helgi. Am liebsten sofort. Allerdings habe ich heute Morgen festgestellt, dass das Telefon nicht funktioniert. Das ist auch so eine Sache. Warum um alles in der Welt, lebt Sunna mit einem defekten Telefon? So weit ich weiß, hat sie auch kein Handy. Als ich die Fluggesellschaft von meinem Mobiltelefon angerufen habe, sagte man mir, mein Name sei nicht zu finden. Mein Ticket ist spurlos verschwunden, also kenne ich meine Flugnummer nicht. Was sagst du dazu?", fragte sie und ließ sich wieder auf dem Bett nieder.

Helgi sagte einen Moment lang gar nichts, sondern starrte Stella nur irritiert an.

„Stella", begann er zögerlich und rieb sich angespannt das Kinn. „Stella, das Telefon funktioniert tadellos. Und im Wohnzimmerschrank haben sich sehr wohl Fotos befunden. Du hast sie alle im Raum verteilt." Helgi merkte, wie Stella sich versteifte, doch er fuhr fort:

„Dein Ticket", sagte er und langte auf den Nachttisch. „Da liegt es. Du hattest wahrscheinlich einen ordentlichen Kater. Ich verstehe das, wirklich!"

Stella warf erbost den Kopf herum und funkelte Helgi wütend an. Zornig stand sie auf, stemmte die eine Hand in die Hüfte und mit der anderen, rieb sie sich die Augen.

„Du nennst mich also eine Lügnerin?", fragte sie drohend. „Schön! Alles was ich heute Morgen erlebt habe, war eine Lüge. Weißt du was, Helgi? Am besten gehst du jetzt einfach. Ich habe keine Ahnung, warum ich dir das alles erzählt habe. Du glaubst mir ja nicht einmal. Hier leben zwei Menschen. Eine davon hat eine tote Katze im Schrank, aber *ich* bin die Verrückte." Sie lachte bitter. „Verschwinde ganz einfach, Helgi Eriksson! Ich brauche dich nicht."

Helgi war wie vom Donner gerührt und erhob sich langsam.

„Wenn du das so siehst, Stella, werde ich gehen. Aber ich glaube, du brauchst mich ganz sicher."

Stella winkte ab.

„Sicherlich nicht. Und jetzt hau ab. Ich will etwas essen und unter die Dusche."

Helgi verließ mit hängender Schulter das Kinderzimmer, während Stella herzhaft in ihr Sandwich biss.

„Vergiss die Katze nicht", rief sie ihm mit vollem Mund nach, und Helgi folgte der Aufforderung.

Stella stand unter der Dusche, als sie das Gepolter aus der Diele hörte. Sie erstarrte.

„Sunna", stieß sie hervor und wusch sich schnell das Shampoo aus dem Haar.

Sie beeilte sich, aus der Dusche zu kommen. Sie konnte schon Sunnas Schritte auf der Treppe hören und ihr Herz begann zu rasen. In aller Hast wickelte sie sich in ein Handtuch und rutschte beinahe auf dem nassen Untergrund aus. Ihre Füße taten noch immer unbeschreiblich weh, doch Stella nahm es nicht richtig wahr. Zu groß war die Angst vor Sunna, die jetzt gegen die Badezimmertüre schlug.

„Bist du da drin, Stella?", brüllte sie, und Stella zuckte vor Schreck zusammen.

„Ja", rief sie zurück. „Ich komme gleich raus."

„Was hast du mit dem Wohnzimmer angestellt, du dämliches Luder?"

'Beschimpfungen, das ist alles, was sie kann', dachte Stella angewidert. 'Genau wie der Alte.'

„Ich sagte, ich komme gleich zu dir heraus", wiederholte Stella laut. Sie zitterte am ganzen Körper, wenngleich sie nicht wirklich wusste, warum. Was konnte Sunna schon ausrichten? Sie umbringen? Stella lachte leise auf, doch als sie genauer darüber nachdachte, verging ihr das Lachen. Niemand würde es je erfahren. Sie waren ganz alleine hier draußen. *'Obwohl'*, überlegte sie und legte den Kopf leicht schief. *'Früher oder später würde es ihren Kollegen in New York auffallen. Oder nicht?'*

Island war zwar ein kleines Land, doch einen Mord aufzuklären, war alles andere als einfach. DNA-Analysen mussten in Schweden erstellt werden. Bis diese zurückgeschickt wurden, konnten einige Wochen ins Land gehen. Vorausgesetzt, man hatte etwas, woran sich DNA befand. In neun Jahren kamen neunzehn Menschen durch Fremdverschulden ums Leben – so lautete die Statistik. Von den Personen, die einfach verschwunden waren, sprach man nicht. Wer wollte nachvollziehen, ob jemand ins Meer oder in eine Gletscherspalte gestürzt war? Vorausgesetzt, jemand meldete das Verschwinden.

Stella drehte den Wasserhahn auf, und wusch sich das Gesicht mit kaltem Wasser. An so etwas wollte sie nicht denken. Sunna war zwar laut und gemein, aber sie wäre nie zu einem Mord fähig. Nicht ganz überzeugt von ihrer These, warf sich Stella den Morgenmantel über und verließ das Bad. Sunna war anscheinend gegangen. Umso mehr erschrak Stella, als Sunna plötzlich neben ihr stand.

„Was hast du getan?", fuhr Sunna ihre Schwester an und versetzte ihr einen Stoß. „Warum wühlst du in meinen Sachen herum?"

„In deinen Sachen?", echote Stella.

„Ja, in *meinen Sachen*. Alles, was du hier siehst, gehört mir. Verstehst du das?", fragte Sunna und tippte Stella bei jedem Wort auf die Brust.

Stella schlug die Hand ihrer Zwillingsschwester beiseite.

„Lass das", meinte sie unwirsch. „Ich habe etwas gesucht, aber in diesem Loch ist ja nichts zu finden."

„Was hast du gesucht?"

„Etwas von Mama", antwortete Stella.

„Ha", machte Sunna. „Hier gibt es nichts von Mutter. Wir haben es alles verbrannt. Wer will schon Andenken an eine Frau haben, die sich das Leben genommen und uns im Stich gelassen hat?"

Stella stiegen die Tränen in die Augen, was Sunna diebische Freude bereitete.

„Na, das kennen wir ja", lachte sie. „Stella die Heulsuse. Das konntest du früher schon gut. Heulen und weglaufen – ganz wie deine Mutter."

„Sie war auch deine Mutter", schrie Stella außer sich und stieß nun ihrerseits Sunna von sich weg. „Sie war immer gut zu uns und hat uns beschützt."

„Ach, wirklich?", fragte Sunna höhnisch. „Dann habe ich mir wohl eingebildet, dass sie sich stets weggedreht hat, wenn Papa mich ins Wohnzimmer gerufen hat. Mmh, Stella, sag es mir doch. Hat sie dich beschützt, als er nachts in dein Bett kam?"

Stella bebte vor Zorn. Sunna hatte Recht. *Und wie Recht sie hatte.* Die Erkenntnis darüber stimmte sie tieftraurig und wütend zugleich. Wie gerne hätte sie ihrer Schwester die Zunge herausgeschnitten für diese Worte.

„Sie hat uns geliebt", flüsterte sie angeschlagen. „Sie hat uns immer geliebt."

Sunna drehte sich um und ging lachend die Treppe runter.

„Glaub du nur daran, kleine Stella. Dann wird alles gut."

Kapitel 11

Stella stand bebend am Treppenabsatz und sah Sunna nach. *'Schubs sie die Treppe runter'*, hämmerte es in ihrem Kopf. *'Nur ein kleiner Stoß und du hast Ruhe vor ihr.'*

„Nein!", sagte Stella lauter, als sie eigentlich wollte.

Sunna drehte sich schmunzelnd zu ihr herum und sah ihre Schwester amüsiert an.

„Du spielst mit dem Gedanken, mich die Treppe hinunter zu stoßen, hab ich nicht recht?" Sie lachte. „Glaubst du denn wirklich, das würde meinen Tod bedeuten, du dumme Gans? Weißt du nicht mehr? Mama ist doch auch damals die Treppe hinunter gefallen. Der Tag, an dem sie das Kind verloren hat. Die Treppe ist nicht steil genug, um jemanden zu töten, Stella. *Du* weißt das ganz genau."

Stella zitterte. Sunna wusste alles. Sie sprach Dinge aus, bevor Stella überhaupt einen Gedanken daran verschwendete. Sunna war ein Bazillus, der in ihrem Kopf hauste und dort Unfrieden stiftete.

„Ich hasse dich", presste sie hervor, doch Sunna grinste nur süffisant.

„Ich weiß", antwortete sie lapidar. „Das macht mir aber nichts, Schwesterherz. Ich hasse dich doch auch." Lachend wandte sie sich ab und verschwand im unteren Bereich des Hauses.

„Warum hast du eine tote Katze im Kleiderschrank?", schrie Stella ihr nach, erhielt jedoch keine Antwort. „Sunna, ich rede mit dir!"

Das Licht ging aus, und Stella stand im Dunklen. Ein fahler Lichtstrahl fiel durch die Vorhänge ins Innere des Hauses. Stella hörte die Schritte matschiger Stiefel und hielt den Atem an. Kurz darauf wurde der Fernseher eingeschaltet und Stella vernahm die Stimme eines isländischen Sängers. Immer noch barfuß und nur mit dem Morgenmantel bekleidet, stieg sie langsam die Treppe runter. Sie schlich ganz leise und wusste selbst nicht, warum sie das tat. Außer Sunna war doch niemand im Haus, sie brauchte sich nicht zu verstecken. Und doch tat sie es. Vorsichtig, wie ein Dieb auf Beutetour, setzte sie einen Fuß vor den anderen und wagte kaum zu atmen. Als eine Stufe knarrte, blieb sie erschrocken stehen und lauschte in die Dunkelheit. Es rührte sich nichts. Stella tastete sich weiter vorwärts und ließ die Treppe hinter sich. Ihr Blick fiel auf das Telefon. Helgi sagte, es würde tadellos funktionieren. Ihre Finger zitterten, als sie den Hörer griff und ihn sich ans Ohr hielt. Freizeichen. Stella schluckte einen Kloß hinunter, und Tränen sammelten sich in ihren Augen. *'Jetzt ist es also amtlich'*, dachte sie. *'Ich verliere den Verstand.'*

Im Fernsehen wurde noch immer gesungen. Der Sänger trällerte seinen Schmerz über eine verlorene Liebe über den Bildschirm, direkt in ihr Wohnzimmer. Auf Zehenspitzen tapste Stella weiter in die Küche. Durch einen Türspalt sah sie das Flackern des TV – Gerätes, doch sie hörte Sunna nicht. Stella beugte ihren Oberkörper so weit nach vorne, wie sie nur konnte, um von ihrer derzeitigen Position ins Wohnzimmer schauen zu können. Sie sah den Sessel, doch er war ... leer.

„Sunna", sagte sie mit brüchiger Stimme. „Sunna bist du da?"

Keine Antwort.

Stella fasste sich ein Herz und lief mit schnellen Schritten auf das Wohnzimmer zu und stieß die Tür auf. Es war niemand dort. Als Stella das Chaos erblickte, welches auf dem Fußboden herrschte, brach sie weinend zusammen.

Es war mitten in der Nacht. Stella stand am Rande der Klippen und sah aufs Meer. Es war finster, ein undurchdringliches Schwarz, das ihr die Sicht raubte. Doch sie konnte es riechen. Fühlte die feinen Wassertröpfchen, die in ihr Gesicht stoben und einen zarten, salzigen Film hinterließen. Die Möwen flogen über ihrem Kopf umher, und betrachteten neugierig die Frau am Ufer. Ein kalter Wind fegte über das Wasser und ließ es anschwellen, bis die Brandung bedrohlich hoch an die Klippen schlug. Stellas Haare wehten im Wind. Sie hob die Nase in die Luft, öffnete ihren Mund und sog die ganze Frische des Ozeans in sich auf. Sie war bereit. Es wurde Zeit.

Stella tat einen Schritt nach vorn und dann noch einen, bis ihre Zehen über den Abgrund ragten. Auf ihrem Gesicht war ein seltsam, friedliches Lächeln, und ein Gefühl des Friedens durchströmte sie. Langsam, so als wolle sie Flügel ausbreiten, nahm sie die Arme auseinander und lehnte sich ein Stück nach vorn.

Ihre Augen waren geschlossen, und ihr Atem ging ruhig und gleichmäßig. Sie hatte keine Angst. Nicht mehr. Die Wellen schlugen hoch an den Klippen bei Djupivogur. Es war Herbst und ein unbarmherziger Wind fegte durchs Land. Ihr Körper war eingehüllt in eine zu große Strickjacke, und ihre zierlichen Füße steckten in groben Stiefeln. Das rotblonde Haar wehte im Wind. Hinter ihr spielten zwei kleine Mädchen. Auch ihre Haare waren rotblond, und sie lachten und neckten sich gegenseitig. Sie trugen himmelblaue Sommerkleidchen, und ein schwarz-weißer Border-Collie, rannte aufgeregt zwischen ihnen hin und her. Etwas abseits stand eine weitere Frau. Ihr gütiges Lächeln verzauberte die trostlose Gegend in ein warmes Paradies. Sie winkte, und ihre braunen Augen strahlten ungemeine Liebe aus. Die Mädchen liefen zu ihr und fielen ihrer Mutter um den Hals. Hand in Hand gingen sie zu einem schäbigen Haus, an dem die rote Farbe abblätterte. Die junge Frau an den Klippen sah ihnen nach, und ihr Herz krampfte sich zusammen. Sie hatte Mühe, sich auf den Beinen zu halten. Zu stark war der Sturm, zu mächtig der Wunsch, einfach zu springen. Ihre Lippen formten ein lautloses „Mama". Dann breitete sie die Arme aus und ließ sich nach hinten fallen. Beinahe engelsgleich glitt sie über die Klippe und fiel in das rauschende Wasser. Der Ozean hatte sie erwartet. Wütende Wellen schlugen über ihrem Kopf zusammen und warfen sie hin und her. Stella wurde in die dunklen Tiefen gezogen. Niemand bemerkte ihren Sturz. Keiner kam, um sie zu retten. Sie hatte den Tod gewählt, weil sie einsam war. Es gab keine Menschenseele mehr in ihrem Leben. Sie konnte keine Liebe geben und sie empfing auch keine. Alle waren tot. Jeder hatte sie verlassen, es gab niemanden, der sie vermisste. Stella wurde in die dunklen Tiefen gezogen – langsam, kreisend. Sie öffnete ihren Mund und ließ das salzige Nass in ihre Lungen strömen, solange bis alles Leben aus ihrem Leib wich. Ihr letzter Gedanke, bevor sich ihre Lungen mit dem Wasser des Ozeans füllten, galt ihrer Schwester. Ein stechender Schmerz durchzuckte sie, als ihr Herz aufhörte zu schlagen, doch es war ein süßer Tod. Niemand würde ihr je wieder Leid zufügen. Mit diesem Gefühl hauchte Hjördis Stella Jónsdottir ihr Leben aus.

Stella sprang panisch auf. Sie hielt sich die Hände an den Hals und rang entsetzt nach Luft. Es dauerte einige Minuten, bis sie merkte, dass sie nur geträumt hatte.

„Oh, mein Gott", flüsterte sie.

Ihr Pyjama klebte am Körper, ebenso ihr Haar. Stella war schweißgebadet und doch fröstelte sie. Hilflos setzte sie sich auf die Bettkante und legte den Kopf in die Hände. Der Traum war so real gewesen, dass sie noch immer das Salzwasser im Mund schmecken konnte. Stella würgte. Ihr war speiübel und sie hatte nicht die leiseste Ahnung warum. Was sie aber noch mehr aufwühlte als der scheußliche Alptraum, war die Tatsache, dass sie in ihrem Bett lag. Noch dazu im Schlafanzug. So weit sich Stella erinnerte, saß sie noch eben gerade im Wohnzimmer auf dem Fußboden.

Ihr Kopf schmerzte. Stella tastete nach ihrer Handtasche, die am Stuhl neben dem Bett baumelte und sucht nach Aspirin. Da sie kein Wasser hatte, zerbiss sie die bitteren Tabletten und schluckte sie hinunter. Sie hoffte auf schnelle Wirkung, denn schlafen konnte sie vorerst nicht mehr. Seit sie in Balðurshraun angekommen war, schlief sie nicht eine Nacht durch. Zudem litt sie scheinbar neuerdings an Blackouts. Als Stella das verwüstete Wohnzimmer sah, war sie ganz und gar mit ihrem Latein am Ende. Sie hätte schwören können, dass die Schränke leer waren. Das waren sie ja jetzt auch, aber offensichtlich war sie dafür verantwortlich.

Stella zermarterte sich das Gehirn, wann sie dieses Chaos angerichtet hatte. War das bevor oder nachdem sie die tote Katze im Schlafzimmer entdeckte? Und befand sich überhaupt eine Katze im Schlafzimmer? Was war mit dem Wodka? Warum hatte sie einen Kater, obwohl sie doch gar nichts getrunken hatte? Die vielen Fragen verursachten bei Stella einen Schwindel. Alles drehte sich vor ihren Augen. Sie fühlte sich, als würde ein Strudel sie in ein finsteres Loch hinabreißen. Ihr entglitt langsam aber sicher die Kontrolle über ihr Bewusstsein. Sie hielt sich eigentlich für einen rational denkenden Menschen, doch da war sie wohl einem Irrtum aufgesessen. Sie war nicht länger Herr ihrer fünf Sinne, und das ängstigte sie zu Tode. Es bedurfte einer Lösung, und zwar schleunigst!

Nachdem sie über zwei Stunden hellwach auf ihrem Bett saß, entschied sich Stella dafür, doch noch eine Schlaftablette zu nehmen. Dadurch gelang es ihr, endlich etwas Ruhe zu finden. Jedoch war sie am nächsten Morgen wie erschlagen. Sie bekam kaum die Augen auf. Ihre Lider waren zugequollen und geschwollen. Draußen war es bewölkt und es stürmte. Stella lauschte eine Weile dem Pfeifen des Windes, der durch undichte Stellen im Haus fuhr. Es wurde bald Herbst und das Wetter schlug immer öfter schlagartig um. Das Pfeifen war ein altbekanntes Geräusch. Als sie noch Kinder waren, schoben Stella und Sunna ihre Betten zusammen und taten so, als wären sie zwei Prinzessinnen in Seenot. Sie waren auf der Flucht vor einem gemeinen Riesen, der ihnen nach dem Leben trachtete. Der Wind, der ums Haus fegte, beflügelte die Fantasie der Mädchen, und sie gingen ganz und gar darin auf. Wenn Sunna keine Lust mehr zum Spielen hatte, versetzte sie Stella einen Stoß, dass diese vom Bett fiel.

„Du bist leider über Bord gegangen und ich habe keinen Rettungsring", lachte Sunna stets hämisch und rannte davon.

Es war an Stella, das Zimmer wieder aufzuräumen, bevor ihr Vater nach Hause kam. Sie nahm sich jedes Mal vor, nie wieder mit Sunna zu spielen, doch die Mädchen hatten nur sich. Das änderte sich schlagartig, als Sunna damals schreiend in der Nacht aufwachte und ihr Bett voller Blut war. Danach war sie nicht mehr dieselbe. Sunna wollte nicht mehr spielen, wollte kein Kind mehr sein. Sie wurde noch gemeiner zu Stella und genoss es sichtlich, wenn der Vater ihre Schwester quälte. *Er* hatte sie danach nie wieder angerührt, sondern stattdessen Stella mehr Aufmerksamkeit geschenkt. Diese Tatsache machte Sunna unsagbar zornig und sie piesackte Stella, wo sie nur konnte.

Während Stella in Gedanken bei der Vergangenheit weilte, setzte Regen ein und klatschte gegen die Fensterscheiben. Sie rührte sich keinen Zentimeter, sondern lag wie festgenagelt auf dem Rücken und hing ihren Gedanken nach. Ihre Augen wurden immer schwerer und sie dämmerte ein.

Kapitel 12

Sunna war schon lange auf den Beinen. Sie lachte in sich hinein, als sie an den vergangenen Abend dachte. Ihr Plan, Stella einen Schrecken einzujagen, ging auf. Stella war ein Angsthase, der sich vor seinem eigenen Schatten fürchtete. Auch der Trick mit dem Telefonkabel klappte.

Sunna lachte laut auf, bei dem Gedanken, wie sie das Kabel aus der Telefonbüchse gezogen hatte. Den Gesichtsausdruck, den Stella machte, als sie merkte, dass mit dem Telefon plötzlich wieder alles in Ordnung war, würde Sunna wohl nie mehr vergessen.

„Hilfe, das Telefon ist tot. Helgi, komm und hilf mir", spöttelte Sunna und spürte zugleich einen kleinen Stich im Herzen.

Helgi glotzte Stella schon damals immer wie ein dummer Hammel an. Stella dachte wohl, sie würde es nicht merken, doch das tat sie. Sunna entging nicht einer von den verstohlenen Blicken, die sich Stella und Helgi zuwarfen. Das machte sie so wütend, dass sie ihren Frust laut herausbrüllte. Warum wurde sie von niemandem gemocht? Ihr hatte noch nie ein Junge verliebte Blicke zugeworfen. Die beiden Turteltauben nahmen überhaupt keine Notiz von ihr.

„Fahr zur Hölle, Helgi", rief sie und warf ihre Kaffeetasse an die Wand.

Sunna wollte Helgi und sie würde ihn sich nehmen. 'Manchmal', dachte sie, 'ist es ganz praktisch, ein Zwilling zu sein.' Jetzt musste sie nur noch herausfinden, wie Stella das mit den hochhackigen Schuhen und dem

Make-up machte, und Helgi würde ihr aus der Hand fressen. Ein warmer Schauer der Vorfreude lief über Sunnas Rücken und sie lächelte. Es würde ein Spaß werden, Stella eins auszuwischen.

Zufrieden blickte Sunna in den Spiegel. Sie tat sich an Stellas Kosmetik gütlich und borgte sich von ihrer Schwester ein federleichtes, apfelgrünes Sommerkleid.

„Das sieht doch ganz passabel aus", murmelte sie, und drehte sich vor dem Spiegel um ihre eigene Achse.

Erstaunlicherweise passte sowohl das Kleid als auch die weißen Pumps wie angegossen. Sunna frisierte sich noch das Haar und sie glich ihrer Schwester bis auf ebensolches. Sie fand sich unsagbar schön in dem feinen Stoff und überdachte ihre Entscheidung, für immer auf Balðurshraun zu bleiben. '*Was wenn Stella etwas zustieße, und sie selbst stattdessen ihren Platz in New York einnehmen würde?* Niemand würde *dahinter kommen*', ging es Sunna durch den Kopf. Sie nahm nicht an, dass Stella irgendjemandem etwas über ihre „böse" Zwillingsschwester erzählt hatte. Langsam breitete sich ein Grinsen auf Sunnas Gesicht aus. Je mehr sie darüber nachdachte, desto schmackhafter wurde die Idee. Sie wollte sich einen Plan zurechtlegen, um Stella vollends um den Verstand zu bringen und sich dann ihrer entledigen. Doch nun sollte erst einmal Helgi dran glauben. Der Tag war perfekt für ihr Vorhaben. Es war Sonntag und Helgi mit Sicherheit daheim. Nach einem letzten prüfendem Blick in den Spiegel, schnappte sich Sunna die Autoschlüssel von Stellas Toyota, und machte sich auf den Weg zu dem ahnungslosen Helgi.

Kapitel 13

Sunna stellte den Wagen vor Helgis Haus ab, kontrollierte noch einmal im Innenspiegel den Sitz ihres Lippenstiftes und stieg gut gelaunt aus. Sie sah den Pajero in der Auffahrt stehen und lächelte. Mit beschwingten Schritten lief sie den schmalen Weg zur Haustür, atmete noch einmal durch und klopfte an. Der Regen wurde immer schlimmer und Sunna hoffte, Helgi würde bald öffnen. Sie musste mit beiden Händen das Kleid festhalten, denn der Wind zerrte an dem winzigen Stück Stoff.

Es vergingen einige Sekunden, ehe Helgi öffnete. Sichtlich erstaunt über ihren Besuch, zog er die Augenbrauen hoch.

„Stella", entfuhr es ihm überrascht.

„Darf ich reinkommen?", fragte Sunna lächelnd und schob sich an ihm vorbei.

„Sicher", stotterte er und schloss die Tür.

Helgi war nur mit einer Jeans bekleidet, sein Oberkörper war jedoch nackt. Grinsend bemerkte Sunna, wie er verlegen den Gürtel an seiner Hose schloss und vermutete, dass er noch nicht lange wach war, was auch sein verstrubbeltes Haar erklären würde. Wissend lächelnd spürte sie den Blick, mit dem er sie bedachte. Das dünne Kleidchen war nass und klebte an ihrem Körper. Ihre Brustwarzen und jegliche Kontur zeichneten sich unter dem Kleid ab, und Sunna war sich dieser Wirkung durchaus bewusst. Verführerisch stellte sie sich in Pose und warf Helgi ein honigsüßes Lächeln zu.

„Ich wollte mir gerade Kaffee machen. Trinkst du einen mit?", fragte er und räusperte sich verlegen.

„Gerne", antwortete Sunna, obwohl ihr im Moment der Sinn nach etwas ganz anderem stand.

Sie hatte nie bemerkt, dass Helgi so gut gebaut war. Seine Arme waren muskulös und sein Bauch flach und durchtrainiert. In Gedanken fuhr Sunna mit den Fingern über jede seiner harten Muskeln und musste an sich halten, um Helgi nicht sofort zu Boden zu reißen.

„Was machst du so früh hier?", wollte Helgi wissen, während er die Kaffeemaschine einschaltete. „Noch dazu, wo du mich doch gestern rausgeschmissen hast."

„Genau deswegen bin ich hier", sagte Sunna und schlug die Augen nieder. „Ich wollte mich bei dir entschuldigen. Ich bin im Moment ein wenig neben der Spur, wie du sicherlich schon bemerkt hast." Sie kicherte gekünstelt.

„Das kann man wohl sagen", brummte Helgi, zwinkerte Sunna aber versöhnlich zu.

Sunnas Herz machte einen kleinen Sprung. Er dachte tatsächlich, er hätte Stella vor sich. '*Das ist ja leichter, als ich dachte*', freute sie sich.

„Weißt du, Helgi", säuselte Sunna in verführerischem Tonfall, und trat näher an ihn heran, „ich würde dir gerne zeigen, wie sehr es mir leidtut."

Langsam streckte sie ihre Hand nach Helgi aus und strich über seine Brust.

„Wow, Stella", meinte er und hielt ihre Hand fest. „Hattest du mir nicht erst neulich gesagt, du wolltest es bei dem einen Mal belassen? Du kannst mich nicht vögeln, mich dann weg schicken und dann wiederkommen, als wäre nichts gewesen."

„Klar kann ich. Ich bin eine Frau", scherzte Sunna und warf Helgi ein aufreizendes Lächeln zu. „Hör zu, Helgi, es tut mir leid. Ich hatte einfach nur Angst. Ich habe über alles nachgedacht, weißt du? Über uns. Ich …, ich denke, wir sollten es probieren." Sunna ging noch einen Schritt auf ihn zu und stand Helgi jetzt Auge in Auge gegenüber.

„Gib mir noch eine Chance, Helgi. Ich werde dir beweisen, dass ich es ernst meine."

Skeptisch zog Helgi eine Augenbraue in die Höhe.

„Ich will dich, Stella. Nichts würde mir mehr Freude bereiten, dich jeden Tag in meinem Bett zu wissen. Doch ich verstehe deine Gemütsschwankungen nicht."

Sunna öffnete den Gürtel und knöpfte geschickt mit einer Hand die Jeans auf. Zärtlich griff sie Helgi in die Hose und massierte sein Genital. Helgi stöhnte auf.

„Stella, lass das", bat er, doch sein Tonfall klang nicht wirklich ernst gemeint.

„Sag mir, dass ich verschwinden soll", flüsterte sie, während sein Penis unter dem Druck ihrer Finger, immer härter wurde.

Mit leidenschaftlichem Blick sah er auf die etwas kleinere Sunna hinunter. Ohne lange nachzudenken, packte er sie und küsste sie leidenschaftlich.

„Ich lass mich nicht mehr wegschubsen, hast du das verstanden?", raunte Helgi mit belegter Stimme.

Sunna nickte und drängte ihn küssend ins Schlafzimmer. In Windeseile entledigte sich Helgi seiner Hose. Sunna warf ihn auf das Bett, zog ihren Slip aus und setzte sich mit gespreizten Beinen auf ihn. Sie stöhnte laut auf, als er in sie eindrang, und begann ganz langsam ihre Hüften rhythmisch kreisen zu lassen. Sunnas Bewegungen wurden immer schneller und sie verging beinahe vor Lust. Mit einem letzten harten Stoß ergoss sich Helgi in ihr und Sunna schrie vor Erregung laut auf. Dann sackte sie erschöpft auf ihm zusammen und küsste seine glatte Brust. Gemeinsam genossen sie das abklingende, prickelnde Gefühl des eben erlebten Sex.

Sunna blieb den ganzen Sonntag bei Helgi. Sie kochten zusammen, liebten sich immer wieder und Sunna hatte so viel Spaß, wie nie zuvor in ihrem Leben. Als der Abend dämmerte, verabschiedete sie sich. Helgi hielt sie im Arm und küsste Sunna.

„Ich wünschte, du würdest nicht gehen", murmelte er. „Es macht mich krank, dich in diesem Haus zu wissen."

„Ich weiß", gab Sunna zurück und verkrampfte sich.

'Gleich wird er sagen, welche schlimmen Zustände dort herrschen', dachte sie wütend. 'Oh Stella, wann hörst du endlich auf, diese Lügen zu erzählen?'

„Willst du nicht hier bleiben?", fragte Helgi hoffnungsvoll. „Wir können deine Sachen abholen und du bleibst den Rest deines Aufenthaltes bei mir." Seine blauen Augen hatten einen bittenden Ausdruck.

„Das ist doch verrückt", sagte Sunna und wand sich aus Helgis Umarmung. „Wer kümmert sich dann um den Hof? Ich muss morgen nach dem Rechten sehen. Wer weiß, was der Sturm angerichtet hat."

Da war es wieder. Die Verwandlung von einer süßen, leidenschaftlichen und fröhlichen Stella in eine kalte, unerbittliche Person.

„Stella", begann Helgi zögerlich, „du hast dich nie um den Hof geschert. Dein Vater ist jetzt tot. Er hat sich die letzten Jahre um nichts mehr gekümmert. Was glaubst du, warum es dort so aussieht? Wenn du nicht vorhast, den Betrieb weiterzuführen, solltest du ihn verkaufen. Du bist keine Landfrau. Die Farm ist doch sowieso bankrott. Falls du dich entschließt, in Island zu bleiben, können wir zusammen nach Reykjavik ziehen. Oder ich komme ganz einfach mit nach New York. Es ist mir egal, solange wir nur zusammen sind." Helgi war es todernst.

Sunna ließ das Gehörte einen Moment sacken. Wie konnte er sagen, der Hof sei bankrott? Auch wenn ihr Vater sich nicht mehr gekümmert hatte, sie war doch diejenige, die alles am Laufen hielt. Jetzt wo Helgi diese Worte ausgesprochen hatte, geriet ihr Plan ins Wanken. Wollte sie wirklich weg? Alles hinter sich lassen, was ihr einst wichtig war? Außerdem, wie lange würde sie Helgi vorspielen können, Stella zu sein? Irgendwann würde er es merken, da war sie sich ganz sicher. Es gab nur zwei Möglichkeiten, doch in beiden müsste Stella sterben. Die erste Variante bestand darin, dass Sunna Stella beseitigte und an ihrer statt nach New York ging. Das funktionierte aber nur ohne isländische Zeugen – sprich Helgi. Er würde Fragen stellen und alles auffliegen lassen.

Möglichkeit Nummer zwei war, dass sie hierblieb und sich mit Helgi ein Leben aufbaute. Er würde schon lernen, sie zu lieben. Nach dem heutigen Tag glaubte Sunna ganz fest daran. Jedoch musste Stella auch in diesem Fall sterben, denn Helgi würde sich nie für Sunna entscheiden, wenn ihre Schwester noch am Leben war. Da Sunna weder das eine noch das andere aufgeben wollte, steckte sie in der Zwickmühle. Sie brauchte eine Entscheidung, aber nicht im Moment. Vielleicht würde sich Helgi von Stella abwenden, wenn er dachte, sie sei psychisch krank. Sunna würde ihm nur allzu gerne über den Trennungsschmerz hinweghelfen.

„Von hier weggehen?", fragte Sunna jetzt gespielt entsetzt. „Ich gehöre hier her, Helgi. Auf den Hof. In dieses Haus. Ich will nicht weg. Es ist jetzt mein Hof, mein Eigentum!"

Auf ihrem Gesicht breitete sich ein seltsames Leuchten aus.

„Das ist nicht dein Ernst?", entfuhr es Helgi geschockt, doch Sunna lächelte nur verzückt.

„Doch, mein Lieber. Es ist mein voller Ernst", entgegnete sie. „Ich bin mehr Landfrau, als du denkst."

„Ich verstehe dich nicht", sagte Helgi aufgebracht und ließ von ihr ab. Wütend ging er auf und ab. „Gestern hast du mir noch erzählt, wie schrecklich das alles ist. Du wolltest sogar deinen Flug umbuchen, um schnellst möglich von hier zu verschwinden. Und heute sagst du mir, du gehörst hier her? Stella, du hast ein ernsthaftes Problem. Du erfindest Dinge, wechselst ständig deine Meinung. Sag mir, was mit dir nicht stimmt", flehte er.

Sunna antwortete nicht. Für einen Moment starrten sie sich mit zornig funkelnden Augen an und lauschten dem Wind, der zusehends stärker wurde. Der Regen prasselte auf das Dach des Bungalows, und anstatt auf Helgis Frage einzugehen, machte sich Sunna Gedanken darüber, wie sie halbwegs trocken nach Hause kam.

„Ich muss jetzt gehen", sagte sie schroff. „Ich werde mich bei dir melden."

Helgi hob abwehrend die Arme.

„Nein!", antwortete er entschieden. „Du brauchst dich nicht mehr zu melden. Es ist vorbei, Stella. Ich lasse mich nicht von dir zum Trottel machen."

Sunna zuckte unbekümmert mit den Schultern.

„Wie du willst."

Sie nahm ihre Autoschlüssel und trat an Helgi heran. Grinsend fasste sie ihm in den Schritt und flüsterte:

„Du bist trotzdem ein guter Fick."

„Verschwinde", rief er erbost und stieß Sunna von sich.

Lachend drehte sich Sunna um und verließ einen mehr als aufgebrachten und verwirrten Helgi.

Kapitel 14

Erschöpft saß Stella in der Küche. Es war dunkel, und verzerrte Schatten machten sich an den Wänden breit. Sie war niedergeschlagen und verstört. Die letzten Stunden waren wieder einmal wie weggewischt aus ihrem Gehirn. Keinerlei Erinnerungen, so sehr sie sich auch anstrengte. Sie war müde und fühlte sich wie erschlagen, obwohl sie den ganzen Tag geschlafen hatte. Es war ein absoluter Filmriss. Ihr Haar war feucht, doch Stella konnte sich nicht daran erinnern, geduscht zu haben. Als sie aufwachte, war es bereits später Abend und Sunna war anscheinend nicht da. Jedenfalls hörte Stella sie nicht. Es beschlich sie das Gefühl, dass etwas Schlimmes geschehen war. Sunna hatte etwas Furchtbares getan, dessen war sich Stella sicher. Aber was? Einsamkeit überkam sie, und sie sehnte sich nach Helgi. Doch nachdem sie ihn gestern so angefahren hatte, würde er wohl kaum mit ihr sprechen wollen.

Stella war verzweifelt und hielt sich die Hand vor den Mund, um ihr Schluchzen zu unterdrücken. Das ergab alles keinen Sinn. Die letzten Tage waren an Stella vorbeigerauscht, wie ein Schnellzug. Und sie sah keine Möglichkeit, ihn aufzuhalten.

Was war passiert? Wo war der heutige Tag hin? Die Ungewissheit brachte Stella fast um den Verstand. Je mehr sie darüber nachdachte, desto verworrener wurde es. Die Erinnerungen der vergangenen Tage lagen wie hinter einem milchigen Schleier. An einem Fingernagel kauend, durchforstete Stella ihr Gehirn nach Informationen. Sie ließ die letzte Woche Revue passieren. Die nächtlichen Störungen, die sie zunächst für Einbildung hielt. Doch auch Patch hörte etwas, denn er hatte ja geknurrt. Wo war Patch überhaupt? Dann die tote Katze im Schrank, wobei sich Stella nicht mehr sicher war, dass es tatsächlich eine Katze gab. Das kaputte Telefon, das verwüstete Wohnzimmer, der Wodka ... Stella konnte sich keinen Reim darauf machen. Ihr Gehirn schien ständig abzuschalten und von einer anderen Macht kontrolliert zu werden. Der heutige Tag war vorerst der Höhepunkt dieser Ungereimtheiten. Wann zog sie das grüne Kleid an und warum? Ihr Haar war nass, und auch hier stellte sich wieder die Frage, nach dem warum? Anstatt die Lösung zu finden, verstrickte sich Stella immer weiter in dem Netz aus Merkwürdigkeiten. In Gedanken versunken, wippte sie mit dem Körper vor und zurück. An ihr Ohr drang das monotone Plitsch-Platsch eines einzelnen Wassertropfens, der aus dem Hahn lief. Gleichzeitig tickte die Uhr im Sekundentakt dazu. Mit dem Pfeifen des Windes ergab sich daraus so etwas wie eine Melodie, und Stella begann, abwesend zu summen. Ihr Blick haftete an einem winzigen Lichtpunkt, der auf dem Linoleumboden hin und her zuckte. Plötzlich durchschnitt ein lautes Scheppern die Stille und Stella wäre vor Schreck fast vom Stuhl gefallen.

„Was zum Henker war das?", fragte Stella in die Stille hinein.

Wie versteinert klebte sie auf dem Stuhl und hielt den Atem an. Wieder krachte es, und Stella begann, unkontrolliert zu zittern. Stiefel schlurften über den alten PVC-Boden. Es waren *seine* Stiefel. Stella erkannte den Klang der Schritte sofort. Doch das konnte nicht sein. *'Nein! Nein, nein, nein'*, schrie Stella innerlich. *'Denk logisch'*, versuchte sie sich zu beruhigen. War Sunna wieder betrunken und stolperte durchs Schlafzimmer?

Eine andere Erklärung gab es eigentlich nicht, und doch gelang es Stella nicht, sich zu erheben.

„Sunna?", krächzte sie fragend, jedoch so leise, dass sie niemand hätte hören können.

Stella schloss die Augen und murmelte ein Gebet aus Kindertagen. Ein anderes kannte sie nicht, denn sie war nie religiös gewesen. Doch da sie sich im Moment wieder wie das verängstigte Kind von damals fühlte, hoffte sie, Gott würde das nicht allzu ernstnehmen. Stella atmete zweimal tief durch und entschloss sich, dem Treiben ein Ende zu bereiten. Ruckartig, als wollte sie es schnell hinter sich bringen, stand sie auf und marschierte geradewegs ins obere Geschoss, um Sunna aufzusuchen. Bevor sie sich einen genauen Plan zurechtgelegt hatte, riss Stella mit Schwung die Schlafzimmertüre auf.

„Sunna, du verrücktes Miststück. Was treibst du hier?", rief sie währenddessen, doch sie stellte verwundert fest, dass das Schlafzimmer leer war. „Sunna?", fragte Stella erneut und spähte in das Zimmer.

Stella konnte sich keinen Reim darauf machen und schüttelte verwundert den Kopf. Bevor sie den Rückzug antreten konnte, legte sich eine eiskalte Hand auf ihre Schulter. Stella schrie panisch auf und knallte gegen den Türrahmen.

„Spionierst du mir nach?", fragte Sunna grinsend.

Stellas Adrenalinpegel rauschte nach oben, und sie fasste sich mit einer Hand an die Brust.

„Musst du mich so erschrecken?", sagte sie schwer atmend. „Ich hatte fast einen Herzstillstand."

„Schade, dass es nur fast war", gab Sunna gehässig zurück. Sie trat einen Schritt näher an Stella heran. „Was hast du denn heute Schönes getrieben?"

„Gar nichts. Ich habe geschlafen", antwortete Stella. Sunna brauchte ja nicht zu wissen, dass sie keine Ahnung hatte, wo der Tag geblieben war.

„So, so, geschlafen also", sagte Sunna süffisant. „Aber wohl nicht alleine, oder?"

„Was soll das heißen?", fragte Stella verwirrt. „Ich ... ich war in meinem Bett."

Sunna lächelte verschlagen und tat, als würde sie überlegen.

„Richtig", meinte sie und tippte sich mit dem Zeigefinger an die Stirn. „*Ich* war ja heute bei Helgi und habe ihn ordentlich geritten. Ich kann schon verstehen, dass du was für ihn übrig hast, Schwesterherz. Er ist wirklich ... groß", sagte sie lachend und machte eine ausladende, obszöne Handbewegung.

Stella sah rot. '*Das hat sie nicht gewagt*', durchfuhr es sie. Sie ballte die Hände zu Fäusten und ging laut brüllend auf Sunna los. Bevor diese ausweichen konnte, versetzte Stella ihr einen Schlag. Sunna stolperte und fiel rücklings die Treppe hinunter. Stella stand am Treppenabsatz und sah zu, wie ihre Schwester Stufe für Stufe nach unten knallte. Es polterte heftig und Sunna schrie unentwegt, doch Stella stand nur da und sah dem Sturz befriedigt zu. Dann war Stille. Sunna lag in verdrehter Haltung am Ende der Treppe und rührte sich nicht. '*Ich habe sie umgebracht*', ging es Stella zunächst erschrocken durch den Kopf. Doch dann sagte sie laut:

„Es war ein Unfall. Du hättest mich nicht provozieren sollen."

Ihr ganzer Körper zitterte. Es war Angst aber auch eine gewisse Befriedigung. Stella war keineswegs erschrocken über ihre Gefühle, sondern stand regungslos am Treppenabsatz und starrte auf ihre tote Schwester.

„Ich habe deinen Behauptungen Lügen gestraft, Schwesterherz. Es ist möglich, sich das Genick beim Sturz von dieser Treppe zu brechen. Jetzt siehst du, was du davon hast. Du musstest mir ja auch mein Leben lang auf die Nerven gehen", sagte sie laut.

Langsam und gemächlich ging Stella nach unten und stupste Sunnas Körper mit dem Fuß an. Es tat sich nichts. Sunna sah aus, als hätte sie sich jeden Knochen gebrochen. Erleichtert ließ sich Stella auf eine Stufe nieder und lächelte.

„Endlich bin ich frei", murmelte sie zufrieden. „Du wirst mir nie wieder dazwischenfunken."

Ihr Augenlid zuckte, während sie darüber nachdachte, was sie jetzt anstellen sollte.

Kapitel 15

Es war schon weit nach Mitternacht, und noch hatte Sunna sich nicht gerührt. Stella überlegte fieberhaft ihre nächsten Schritte. Sollte sie die Polizei benachrichtigen, und ihnen die Geschichte eines tragischen Unfalles auftischen? Andrerseits könnte sie Sunna auch einfach auf dem Hof verbuddeln, in das nächste Flugzeug steigen und niemand würde sich je darum scheren. Schließlich war Stella keine isländische Staatsangehörige mehr, und ob die isländische Polizei wirklich so weit gehen würde, sie in den USA ausfindig machen zu wollen, bezweifelte Stella. Je länger sie über den Plan nachdachte, desto mehr gefiel er ihr. Verlor nicht ihre ganze Familie auf tragische Weise das Leben? Da kam es doch auf eine verkorkste Existenz mehr oder weniger nicht an. Stella konnte nicht glauben, dass irgendwer ihre Schwester vermissen würde. Sie würde der Welt einen Gefallen tun, wenn sie ein für alle Mal die Erinnerungen an die Bewohner von Balðursshraun auslöschte.

Draußen schüttete es noch immer wie aus Eimern, doch Stella wollte ihre tote Schwester aus dem Haus haben. Sie erhob sich, fischte den gelben Regenmantel vom Garderobenhaken und zog ihn über. Außerdem lieh sie sich Sunnas braune Gummistiefel aus und holte dann aus der Küche einen großen, schwarzen Plastikmüllbeutel. Als sie an dem verblichenen Wandspiegel vorbeikam und einen Blick hinein warf, schüttelte sie sich kurz. Sie sah aus wie Sunna. Sie *war* Sunna. Nie hätte sie für möglich gehalten, dass nur winzige Details reichten, um sie und ihre Zwillingsschwester nicht mehr auseinanderhalten zu können. Angeekelt wendete sie den Blick ab.

„Dann wollen wir dich mal wegschaffen", sagte Stella und stülpte Sunna die Tüte über den Körper.

Sie ächzte unter der Anstrengung und wunderte sich, dass ein toter Mensch so viel wog. Nachdem nur noch Sunnas Beine aus dem Beutel guckten, umwickelte Stella die Öffnung mit dickem Klebeband. Auch wenn die Situation absurd war, und Stella sich wie in einem schlechten Thriller fühlte, so fand sie doch irgendwie Gefallen daran. Schließlich hatte Sunna ihr genug angetan und das war nur die Strafe. Jetzt musste Stella den Sack mit ihrer Schwester darin nur noch aus dem Haus bekommen und die Sache wäre erledigt. Unter Aufbringung ihrer gesamten Kraft zog Stella an dem leblosen Bündel und schleifte es zur Haustür. Sie fasste mit einer Hand hinter sich, öffnete die Tür und schleppte Sunna ins Freie. Schweiß rann ihr von der Stirn, vermischte sich mit dem Regen und lief ihr in die Augen. Der Wind stürmte erbarmungslos und blähte den Regenmantel wie einen großen, gelben Ballon auf. Stella konnte nichts sehen. Sie stolperte über etwas, das hinter ihr lag und landete mit einem Aufschrei im Schlamm. Einen Moment verharrte sie in dieser Position, um wieder zu Atem zu kommen und ließ sich die Regentropfen auf den Kopf prasseln.

„Verdammt", rief sie und schlug mit den Händen auf den Boden.

Schlammiges Wasser spritzte ihr ins Gesicht und hinterließ dreckige Schlieren auf ihren Wangen.

„Warum bist du so verflucht schwer?", brüllte sie den Sack an, und trat dagegen.

Sunnas Körper bewegte sich kaum merklich, und Stella hielt den Atem an. '*Lebt sie etwa noch?*", dachte sie erschrocken. Schnell sprang sie auf und setzte ihr Werk fort. Sie musste Sunna aus dem Weg schaffen, bevor diese wieder von den Toten auferstand.

Das Plastik des Beutels war mittlerweile klitschnass und Stellas Hände glitten immer wieder ab. Sie krallte ihre Fingernägel in Sunnas Oberarme, die sie durch den dünnen Kunststoff zu fassen bekam. Als sie weit genug vom Haus entfernt war, spähte Stella in alle Richtungen. Wo sollte sie jetzt mit der Leiche hin? Das Feld war zu weit weg, und Stella konnte keinen Traktor bedienen. 'Die Klippen', schoss es ihr durch den Kopf, doch sie verwarf den Gedanken wieder. Dann fiel es ihr ein: Der Schafstall. Dort gab es genug Werkzeuge, um Sunnas toten Körper zu zerteilen und ihn anschließend ins Meer zu werfen. So ging sie sicher, dass garantiert niemand ihre Schwester fand. Bis ihr Verschwinden bemerkt würde, hätten die Fische und Möwen bereits ganze Arbeit geleistet. Erfreut über ihre Idee, setzte Stella ihren mühsamen Weg fort. Der Müllsack war durch das Ziehen über dem Asphalt bereits total zerschlissen, und jetzt schleifte Sunnas Körper ungeschützt über den Boden. Stella bemerkte es zwar, aber es war ihr egal. Sunna war tot und spürte es sowieso nicht mehr.

Stella schob den Riegel zum Schafstall auf. Der Wind war so stark, dass ihr das Tor mit voller Wucht aus der Hand gerissen wurde und mit einem lauten Knall gegen die Wellblechwand schepperte. Sie zuckte kurz zusammen, widmete sich aber dann wieder dem Plastiksack mit ihrer Schwester. Nur noch ein kleines Stück, und sie hatte es geschafft. Sie nahm noch einmal all ihre Kraft zusammen und hievte Sunna in den Stall. Erschöpft ließ sich Stella auf den Boden fallen. Sie sah einen Moment auf den Sack und schaute sich dann um. Es sah genauso aus wie früher. In der linken, hinteren Ecke befand sich die Schermaschine. Ihr Vater machte die Schur immer selbst und Stella musste ihm oft dabei helfen. Der Besen, mit dem sie die Wolle auf dem Boden zusammenfegte, stand an eine Wand gelehnt. Auf einem alten Holztisch lagen verschiedene Bügelscheren, mit denen in alter Zeit die Schur gemacht wurde. Stellas Großvater arbeitete noch mit diesen Werkzeugen. Der Boden war mit Stroh ausgelegt, und die rechte Seite in einzelne Boxen für jeweils zwanzig Schafe unterteilt.

Ihr Vater benutzte zum Töten der Schafe und auch der Pferde ein Bolzenschussgerät, manchmal bekamen die Schafe vor der Tötung eine elektrische Betäubung. Es kam aber auch hin und wieder vor, dass er komplett auf die Betäubung verzichtete, meistens dann, wenn er wieder einmal betrunken war. Stella hasste es aus vollstem Herzen und würde das panische Geblöke der Schafe ihren Lebtag nicht vergessen. Ganz plötzlich wurde sie unendlich traurig. Sie sah wieder auf die leblose Sunna, und Tränen liefen ihr über das Gesicht.

„Was habe ich getan?", flüsterte sie entsetzt.

Ein Gefühl des Verlustes überkam sie. Die Erkenntnis, dass sie soeben den Menschen getötet hatte, der ihr immer am nächsten stand, löste einen Würgereiz aus. All die Jahre hasste Stella ihre Schwester. Versteckte sich vor ihr und wünschte ihr die Pest an den Hals. Doch jetzt, da Sunna tot vor ihr lag, riss es eine tiefe Wunde in ihr Herz. Stella hatte alles verloren. Ihre Mutter, den Bruder und Sunna. Ja, eine Sekunde lang trauerte sie sogar um ihren Vater.

Sie wollte nur noch raus aus dem Stall und aus Sichtweite des Sacks. Blind vor Tränen stand sie auf, warf etwas Stroh auf den Müllbeutel und rannte ins Freie. Stella brüllte ihren Kummer laut heraus. All der Frust und der Schmerz brachen aus ihr heraus. Sie schrie in den Wind, bis ihr die Stimme wegblieb. Geschwächt ließ sie sich auf den Boden nieder. Sie spürte nicht den Regen, der auf sie herab prasselte. Ihr Körper zitterte unkontrolliert vor Kälte, und ihre Lippen waren mittlerweile blau angelaufen.

„Warum kann ich nicht auch einfach sterben?", brüllte sie in die nächtliche Einsamkeit.

Sie hatte ihre Schwester getötet und diese Tatsache würde auf ewig an ihr haften. Sie war eine Mörderin und fand auch noch Gefallen daran. Was war aus ihr geworden?

Benommen torkelte sie zum Haus. Der Regen klatschte ihr ins Gesicht, doch Stella nahm es gar nicht wahr, sondern verspürte den Wunsch etwas zu trinken. Sie brauchte jetzt dringend einen Schnaps und hoffte, Sunna versteckte irgendwo einen Vorrat. Mit wackeligen Beinen wankte sie in die Diele und ließ den Regenmantel auf den Boden sinken. Sie hörte ihr Handy. Es war die Melodie von David Bowies Major Tom, doch im Moment wollte Stella den Song nicht hören. Es interessierte sie nicht, dass der Astronaut verloren durchs Weltall düste. Sie wartete ab. Die Melodie verstummte, und kurz darauf erklang das Piepen, dass eine Nachricht anzeigte. Noch bevor Stella die Küche erreichte, schellte das Telefon erneut. Sie ahnte, dass es Helgi war. Sie wollte nicht mit ihm sprechen, noch nicht. Was hätte sie ihm sagen sollen?

„Ach, übrigens. Nach allem was ich dir schon angetan habe, bin ich jetzt auch noch eine Mörderin." Das würde ihm sicher gefallen.

Stella ignorierte das Telefon und suchte die Küchenschränke nach Alkohol ab. Im Eisfach wurde sie fündig. Erleichtert nahm sie auf einem Stuhl Platz und gönnte sich einen großen Schluck Brennevin. Sie schüttelte sich, als der scharfe Kümmelgeschmack des Getränkes ihre Kehle hinunterlief. Stella nahm einen zweiten Schluck und streckte, mit einem wohligem „Ahh", die Beine aus. Gerade als sich die ersehnte Entspannung einstellte, sah Stella aus dem Augenwinkel einen Schatten in der Tür stehen.

„Hast du vor die ganze Flasche zu leeren, oder bekomme ich auch einen Schluck?"

Mit einem markerschütternden Schrei sprang Stella auf und schleuderte die Flasche auf den Schatten.

„Das kann nicht sein!", rief sie. „Du bist tot. Du *musst* tot sein."

„Na, wie du siehst, bin ich das nicht." Sunna stieß sich vom Türrahmen ab und kam auf Stella zu. „Selbst dafür bist du zu dumm. Hast du wirklich geglaubt, ein Treppensturz bringt mich um?"

Stella wich zurück und spürte die Spüle hinter sich. Sie fühlte sich wie ein in die Ecke gedrängtes Tier. Vor ihr die tot geglaubte Schwester, hinter ihr der Küchenschrank. Es gab keinen Ausweg. Sie schlug sich die Hände vors Gesicht und schluchzte leise:

„Du bist nicht real. Das ist nur mein schlechtes Gewissen. Geh weg, hörst du? Verschwinde."

Sunna lachte auf.

„Du bist nicht real", äffte sie Stella nach. „Könnte ich das tun, wenn ich nicht real wäre?", fragte sie und verpasste ihrer Schwester eine schallende Ohrfeige.

Stella schrie auf und hielt sich die brennende Wange. In Sunnas Augen glitzerte die pure Mordlust. Stella ahnte, dass sie noch in dieser Nacht sterben würde. Sie war sich ganz sicher.

„Hör zu, Sunna. Es tut mir leid. Es war ein Unfall", versuchte sie Sunna ins Gewissen zu reden. „Ich wollte die Polizei holen, ehrlich. Ich stand unter Schock und wusste nicht, was ich tat. Hast du echt geglaubt, ich lass dich in dem stinkenden Stall verrotten?", fragte sie nervös lachend.

Sunna bewegte sich keinen Millimeter von der Stelle und starrte ihre Schwester hasserfüllt an.

„Ja, genau das denke ich", presste sie hervor. „Du versuchst mich doch schon seit Jahren loszuwerden, oder nicht? Zuerst deine Flucht nach Amerika, dann die Therapie. Das hat ja auch alles ganz gut geklappt, bis du wieder aufgetaucht bist. Du hättest nicht herkommen sollen, Stella. Ich habe die ganze Zeit auf dich gewartet." Sunna schüttelte traurig den Kopf, ehe sie fortfuhr:

„Weißt du eigentlich, wie schlimm es für mich war, hier gefangen zu sein? Tag ein Tag aus, musste ich mit ansehen, wie Papa sich zugrunde richtete. Er hat mich nicht mehr beachtet, Stella. Ich war wie Luft für ihn. Seit du weg warst, hat er mit mir nicht mehr gesprochen."

„Sunna, das tut mir leid", meinte Stella aufrichtig und berührte Sunna leicht am Arm. „Warum bist du denn nicht zu mir gekommen? Wir hätten doch gemeinsam in New York leben können."

„Weil du es nicht zugelassen hast", brüllte Sunna. „Du hast mich weggedrängt."

Ihre Augen funkelten irr. „Ich lass mich nicht mehr wegdrängen, Stella. Nein, von nun an wird es nur noch *mich* geben."

Stella tastete mit einer Hand hinter sich in die Spüle. Sie brauchte irgendetwas, um sich zu wehren. Sunna scherzte nicht, so viel war sicher. Stella war es, die in dieser Nacht sterben sollte, damit Sunna ihren Platz einnehmen konnte. Noch bevor Stella etwas finden konnte, schlug Sunna ohne Vorwarnung zu. Sie traf Stella schwer im Gesicht, sodass diese heulend zusammenbrach.

„Steh auf, du Stück Dreck!", zischte Sunna gehässig und trat auf die am Boden liegende Stella ein.

Mit ihren schweren Stiefeln attackierte sie den Rücken ihrer Schwester. Diese war kaum noch in der Lage aufzustehen und versuchte kriechend das Weite zu suchen. Sunna bemerkte es und griff in Stellas Haare. Sie schrie auf, doch Sunna schleifte sie an den Haaren ins Freie.

„Was hast du vor?", rief Stella panisch und schlug gegen Sunnas Hände.

„Ich werde dir den gleichen Tod bescheren, wie unserem Bruder und unserer Mutter", brüllte Sunna.

Stella hielt sich mit aller Kraft am Türrahmen der Haustüre fest. Ihre Fingernägel splitterten, und sie verzog schmerzerfüllt das Gesicht. Sunna stolperte durch den unerwarteten Stopp. Stella nutzte die Gelegenheit, sprang auf und griff nach dem ersten Besten, was ihr in die Finger kam: einem alten Regenschirm. Drohend, als wäre es ein scharfes Schwert, hielt sie den Schirm über den Kopf und funkelte Sunna an.

„Warum, Sunna? Wieso hasst du mich so? Ich war nie dein Feind, *Er* war es."

„Was hast du damit vor?", lachte Sunna und rappelte sich auf. „Mit einem Regenschirm? Sei doch nicht albern, Stella."

„Bleib zurück", drohte Stella und schwenkte den Schirm in die Richtung ihrer Schwester.

Als Sunna immer noch lachend einen Schritt näher kam, schlug Stella zu und traf Sunna am Kopf. Sunna taumelte, und auch Stella zuckte schmerzerfüllt zusammen.

„Was zur Hölle... ?", fragte sie verwundert und hielt sich den schmerzenden Kopf.

Mit lautem, wütendem Gebrülle stürzte sich Sunna auf Stella und sie verloren gemeinsam das Gleichgewicht. Sunna schlug immer wieder auf Stellas Gesicht ein, bis es blutig und verquollen war.

„Weißt du noch den Abend, als man mich weggeschafft hat?", sagte sie schwer atmend. Sunna hockte auf Stellas Bauch und hielt deren Arme fest.

Stella bekam kaum noch etwas mit. Sie hatte eine große Platzwunde am Kopf, und das Blut lief ihr ins Auge. Benommen nickte sie und hoffte, Sunna würde endlich von ihr ablassen.

„In der Nacht hatte ich schlimme Bauchschmerzen", fuhr Sunna ungerührt fort. „Willst du wissen, warum? Weil ich eine Fehlgeburt hatte. Das hast du nicht gewusst, häh?" Sunna grinste bösartig. „Niemand tat das. Ich war schwanger von *Ihm*. Von unserem eigenem Vater. Aber hast du geglaubt, *Er* hätte mich zum Arzt gebracht? Nein, das tat er nicht. Er brachte mich in den Schafstall, wo er mich einfach liegenließ und mir befahl, nicht zu schreien. Danach war unser Verhältnis einfach nicht mehr dasselbe. Er wollte nur noch dich. Ich war nicht mehr sein kleiner Sonnenschein."

„Sunna", murmelte Stella schwach. „Das habe ich nicht gewusst."

„Nein, natürlich nicht", zischte Sunna. „Du warst ja zu sehr damit beschäftigt, dich ihm anzubiedern."

„Das ist nicht wahr", widersprach Stella. „Ich wollte, dass er aufhört."

„Ich glaube dir kein Wort", meinte Sunna. „Ihr wolltet ihn mir alle wegnehmen. Du, Mutter, Balður und das neue Baby. Doch sie sind alle tot, nicht wahr? Alle bis auf eine. Aber glaub mir, auch du wirst heute Nacht den Weg über die Klippen finden."

Plötzlich stieg in Stella ein ganz böser Verdacht auf.

„Sunna, was ist mit Balður geschehen?", fragte sie, obgleich sie die Antwort nicht wissen wollte.

Sunna verzog die Lippen zu einem hämischen Grinsen, und sie sagte:

„Unser kleiner Bruder war viel zu vertrauenswürdig. Es war nicht schwer ihn aus seinem Bettchen zu holen und mit ihm zum Meer zu gehen. Er war süß, nicht wahr? Es hat mir auch fast ein bisschen leidgetan, als ich ihn schubste, aber es musste sein. Siehst du das ein?"

Stella schrie gepeinigt auf.

„Und Mutter", fuhr Sunna fort und spie das Wort förmlich aus. „Diese ewig klagende und heulende Frau. Sie hat sich doch tatsächlich wieder schwängern lassen von ihm. Weißt du, ich war so wütend darüber. Ich hätte ein Baby bekommen sollen, nicht sie. Sie ist gestolpert, als sie oben an der Treppe stand so wie ich heute", sagte sie sarkastisch. „Das weißt du doch noch, oder? Es war ein Unfall. Ich habe nur dabei gestanden und etwas nachgeholfen."

„Nein", rief Stella. „Du bist ein Monster, Sunna. Deine Liebe zu unserem Vater war krank, hörst du? Warum hast du das nicht gesehen?"

„Er war der Einzige, den ich hatte", gab Sunna zurück. „Guck dich doch an. Du bist einsam, hast keinen Mann in deinem Leben. Ich hatte wenigstens ihn. Bis du ihn mir weggenommen hast."

„Sunna, ich habe deshalb keinen Mann, weil mir die Vergangenheit zu schaffen macht. Ich komme nicht darüber hinweg, was er getan hat."

Sunna ließ für einen Moment von Stella ab, um aufzustehen, und zog ihre Schwester dann auf die Beine.

„Lass uns gehen, Stella. Das Meer erwartet dich bereits."

Kapitel 16

Bibbernd und völlig durchnässt standen Stella und Sunna am Rande der Klippen. Stellas grünes Sommerkleid war schlammig und klebte an ihrem Körper. Ihre Zähne schlugen aufeinander und ihre Lippen liefen blau an vor Kälte.

„Sunna, lass uns ins Haus gehen", rief sie in den Sturm. „Ich verspreche dir, dich in Ruhe zu lassen. Ich will ja gar nichts von dir", bettelte sie, doch Sunna schüttelte mit dem Kopf.

„Es geht nur so, Stella. Nur wenn du stirbst, finde ich endlich Ruhe", sagte Sunna und sackte plötzlich auf dem matschigen Boden zusammen. „Verstehst du das denn nicht? Ich habe es satt, immer nur ein Teil von etwas zu sein. Wir sind so fest miteinander verbunden, dass ich mit dir nur eine Co-Existenz führe. Ich will mein eigenes Leben, Stella. *Er* hat mir alles genommen, aber jetzt hole ich es mir wieder."

Stella kniete sich zu Sunna und streichelte ihren kalten Arm.

„Sunna beantworte mir ein paar Fragen. Seit ich hier bin, geschehen eigenartige Dinge, die ich nicht auf die Reihe bekomme."

Sunna sah ihre Schwester aus tränenfeuchten Augen an.

„Was willst du wissen? Ich denke, es ist nur fair, dich vor deinem Tod über alles aufzuklären", meinte sie sarkastisch und wischte sich die Nase am Ärmel ab.

„Wo ist Patch?", fragte Stella.

„Tot", antwortete Sunna schlicht. „So wie alles hier. An diesem Ort gedeiht nichts, er ist verflucht."

Stella schluckte schwer und fürchtete sich vor ihrer nächsten Frage.

„Die Katze im Schrank ...", flüsterte sie kaum hörbar.

„Was redest du denn ständig von dieser Katze? Hier gibt es keine Katzen." Plötzlich erhellte sich Sunnas Gesicht.

„Weißt du noch, dass wir als Kinder eine Katze hatten? So einen roten Streuner. Auf einmal war er verschwunden. Möchte wissen, was aus ihm geworden ist."

Stella war es, als hätte ihr jemand einen Baseballschläger über den Kopf gehauen. Ihre Gedanken überschlugen sich und in ihr keimte ein grauenvoller Verdacht.

„*Er* hat den Kater in den Schrank gesperrt und ihn dort verrecken lassen", sagte sie tonlos.

„Was? Stella, das ist Jahre her. Du kannst unmöglich *diesen* Kater im Schrank gefunden haben", lachte Sunna.

„Doch, Sunna. Das habe ich. Es war nicht real, das weiß ich jetzt. Nichts ist hier real. Patch lebt schon lange nicht mehr, nicht wahr? *Er* ist mit dem Traktor über das arme Tier gefahren."

„Davon weiß ich nichts", antwortete Sunna verwirrt.

„Nein, du kannst das auch nicht wissen. Du warst nicht da." Stella sprang entsetzt auf und lief brüllend ein Stück weg. „Es gibt hier kein Vieh mehr, oder? Keine Schafe und Pferde? Alles was ich gesehen habe, war meine pure Einbildung, ist es nicht so?", schrie sie außer sich.

„Sag du es mir", sagte Sunna und erhob sich behäbig. „Erinnerst du dich noch an die Stiefel? Wie sie nachts schlurfend die Treppe heraufkamen?", flüsterte sie Stella ins Ohr.

„Hör auf", rief Stella und schlug um sich.

„Wie *Er* dann langsam die Türe geöffnet hat und zu dir ins Bett kam?", redete Sunna unbeirrt weiter. „Und seinen Gürtel aus der Hose zog, damit er dich schlagen konnte, wenn du geheult hast."

Stella hielt sich schreiend die Ohren zu.

„Warum tust du das, Sunna? Warum nur? *Er* hat dich genauso behandelt. Wie kann es dir eine solche Freude bereiten, mich so zu quälen?", brüllte sie fassungslos der grinsenden Sunna ins Gesicht.

„Er hat mich nie so behandelt. Stella, sieh dich um. Du stehst auf einem Stück toten Land. Verstehst du es denn immer noch nicht? Ich existiere gar nicht, jedenfalls nicht so, wie du mich siehst. Ich kann das Land und das Haus nicht verlassen, aber du schon. Du hättest deine Medikamente nicht einfach weglassen sollen. Sie haben dir geholfen zu vergessen. *Mich* zu verscheuchen. Doch jetzt bin ich wieder da, Stella und ich geh nicht mehr weg. Spring einfach und du bist mich los - für immer."

Stella atmete schwer. Ihr wurden schlagartig die Augen geöffnet. Sunna war ein Geist. Sie lebte weiter durch Stellas Einbildung. Sie verstand zwar immer noch nicht alles, aber in einem hatte Sunna Recht: Wenn sie sprang, würde dieser Alptraum ein Ende haben. Sie sah aufs Meer, die haushohen Wellen, die schwarze Unendlichkeit. Sunna nickte ihr aufmunternd zu, und Stella stellte sich an die Klippen. Sie schaute nach unten, sah ihre Mutter und ihren Bruder. Stella wurde tatsächlich erwartet, und sie wünschte sich nichts sehnlicher, als in ihren Armen aufgenommen zu werden. Ihr Kleid flatterte wie eine Fahne im Wind. Bald würde der Schmerz vorbei sein, sie würde alles hinter sich lassen. Nur ein Schritt trennte sie von dem sicheren Vergessen, doch irgendetwas hielt sie zurück. Ein kleiner Gedanke, ein

Gefühl. Wenn sie sprang, würde sie nie erfahren, ob sie und Helgi eine Chance hatten.

„Denk nicht an ihn", wisperte Sunna und packte Stellas Arm. „Er kümmert sich nicht um dich. Er ist ein Egoist, der nur seinen Spaß wollte. So, wie alle Männer. Das weißt du doch, Stella."

„Das glaube ich nicht", widersprach Stella schwach.

„Jetzt hör mir mal zu, du dumme Gans", sagte Sunna barsch und drückte Stellas Arm fester. „Wenn du nicht springst, wirst du mich nie los. Hast du das verstanden? Ich werde immer bei dir sein. Bis in alle Ewigkeit."

Stella schluckte und schloss die Augen. Es war genauso wie in ihrem Traum.

„Spring, spring, spring", hämmerte es in ihrem Kopf.

Stella breitete die Arme aus und verlor durch den starken Wind fast das Gleichgewicht. Sie lehnte sich ein Stück vor. Es waren nur noch ein paar wenige Zentimeter ...

Plötzlich hörte sie durch den Sturm eine Stimme, doch diesmal war sie nicht in ihrem Kopf. Es war Helgi, der sie rief.

„Stella! Stella, mach das nicht", brüllte Helgi verzweifelt und kam über das Feld gerannt.

Der Lichtstrahl einer Taschenlampe traf Stella in die Augen und sie blinzelte. Erleichtert lachte sie auf und brach gleich darauf in hemmungsloses Schluchzen aus.

„Spring endlich, Stella", schrie Sunna außer sich. Sie versetzte Stella einen Stoß und diese taumelte.

Mit einem entsetzten Aufschrei kippte Stella hintenüber. Vor ihrem geistigen Auge sah sie ihr Leben an sich vorbeiziehen und spürte bereits die Wellen, die über ihr zusammenschlugen. Der Regen prasselte erbarmungslos auf sie nieder, und sie fand auf den glitschigen Steinen keinen Halt mehr. Stella schloss mit ihrem Leben ab.

Diesmal konnte Helgi sie nicht retten, doch Stella nahm es ihm nicht übel. Sie blickte auf Sunna, die mit einem selbstgefälligen Grinsen am Rand der Klippen stand, und ihren Sturz beobachtete. *'Leb wohl, Sunna'*, war Stellas letzter Gedanke, bevor sie bereit war zu sterben.

Im letzten Moment ergriff Helgi ihre Hand – wie immer. Seine helfende Hand war stets zur Stelle. Er zog Stella auf festen Boden und nahm sie in den Arm. Sunna kreischte zornig auf, doch sie wagte es nicht, sich Stella zu nähern.

„Du Miststück", rief sie. „Du solltest tot sein. Denke ja nicht, es wäre vorbei, Schwesterherz. Ich komme wieder." Mit diesen Worten verschwand sie im Licht der Morgendämmerung.

„Warum wolltest du das tun, Stella?", fragte Helgi in ihr Haar hinein. Er drückte sie so fest an sich, dass ihr die Luft wegblieb. „Mir ist fast das Herz stehen geblieben vor Angst."

Der Regen machte den beiden nichts aus. Stella war unendlich glücklich, dass Sunna ihren Plan nicht zu Ende verfolgen konnte. Sie lebte und Helgi war hier – mehr brauchte sie im Moment nicht zu wissen.

„Sunna", stammelte sie und sah sich um. „Sie hat mich geschubst. Sie sagte, es wäre alles vorbei, wenn ich springe. Wo ist sie?"

Helgi runzelte verwirrt die Stirn.

„Sunna?", fragte er nach. „Was redest du denn da?"

„Sag bloß, du hast sie nicht gesehen? Helgi, ich schwöre dir, die ganzen merkwürdigen Dinge die hier geschehen sind, das war alles Sunna. Sie will mich in den Wahnsinn treiben, weil sie denkt, ich hätte ihr Vater weggenommen." Stella lachte nervös auf und wischte sich das Wasser aus dem Gesicht. „Sie hat mir erzählt, Patch wäre tot. Ich weiß, dass er tot ist, weil *er* ihn mit dem Trecker überfahren hat. Woher wusste sie das? Sie war damals nicht ... Kannst du das glauben? Ich habe noch vor wenigen Tagen mit dem Hund gespielt. Und dann habe ich Sunna die Treppe herunter gestoßen und sie in den Schafstall geschleppt. Und plötzlich war sie wieder da und hat mich geschlagen. Siehst du die Wunde an meinem Kopf?" Ihre Stimme überschlug sich und klang hysterisch.

„Stella, beruhige dich", sagte Helgi eindringlich und packte sie bei den Schultern. „Du musst mir jetzt zuhören, Stella. Sunna kann das nicht gewesen sein. Sie ist tot. Ich weiß nicht, was du gesehen hast, aber es war bestimmt nicht Sunna."

„Natürlich war es Sunna", rief sie und stieß Helgi zurück. „Sie war doch sogar bei dir. Du hast mit ihr geschlafen. Sie ist ein Geist. Eine Untote. Ich weiß nicht, wie sie das macht, aber sie war die ganze Zeit hier."

„Ich habe was?" Helgi lachte auf. „Stella, du bist seit über einem Jahr der einzige Mensch, mit dem ich geschlafen habe. Verstehst du das nicht? Sunna ist seit mehr als fünfzehn Jahren tot. Sie ist gestorben, da war sie gerade einmal zwölf Jahre alt. Und du hattest tatsächlich einen Hund, daran erinnere ich mich. Aber auch er ist gestorben, da warst du noch ein Teenager. Jedoch war Sunna da schon nicht mehr am Leben."

Stella verlor den Halt. Sie wankte und fiel hin. Ein unkontrolliertes Schluchzen schüttelte ihren Körper und sie hatte nicht mehr die Kraft aufzustehen.

„Nein", flüsterte sie. „Das kann nicht sein. Ich habe doch mit ihr gesprochen. Sunna hat mich angerufen und gesagt, *er* sei tot. Wir waren doch zusammen in der Kirche."

„Die Gemeindeschwester hat dich angerufen, weil du die einzig lebende Verwandte bist. Und in der Kirche warst du alleine, Stella. Ich habe mich etwas gewundert, als ich die pompösen Kränze sah, die du bestellt hast."

„Das war ich nicht. Das war Sunna", gab Stella schwach zurück.

Helgi kniete sich zu ihr und nahm zärtlich ihre Hand.

„Lass uns fahren. Ich bringe dich nach Reykjavik ins Krankenhaus", sagte er sanft und half ihr auf die Beine.

Fürsorglich legte Helgi ihr seine Jacke über die Schultern und begleitete sie zu seinem Wagen.

„Setz dich schon mal rein. Ich hole noch ein paar trockene Sachen für dich. Wir fahren erst einmal zu mir, damit du duschen und dich umziehen kannst. Du brauchst Schlaf. Wenn du dich erholt hast, fahren wir ins Landspitali, okay?"

Stella nickte. Ihr war alles egal. Sie war so verwirrt. Nichts von alledem ergab einen Sinn, doch nach und nach stellte sich die Realität ein. Bilder zogen an ihr vorbei und sie sah, was wirklich geschehen war. Ihr Augenlid zuckte und entkräftet kauerte sie sich auf dem Beifahrersitz zusammen.

Kapitel 17

Am späten Nachmittag des nächsten Tages trafen Helgi und Stella in Reykjavik ein. Stella sprach während der ganzen Fahrt kein einziges Wort. Mit zusammengepressten Lippen starrte sie fortwährend aus dem Fenster. Es war noch nicht vorbei, das spürte sie. Sunna war noch da. In ihren Gedanken, in dem Innersten ihrer Seele. Und sie machte Stella bittere Vorwürfe. Helgi telefonierte am frühen Morgen mit Stellas Therapeutin Elaine in New York. Sie versprach, den nächsten Flug nach Island zu nehmen. Die Erfahrungen, die sie machte, lagen wie ein Mühlstein auf ihrer Seele.

„Ich werde dafür Sorge tragen, dass man dir hilft", murmelte er. „Ich werde für dich da sein. Jetzt und für alle Zeit. Ich verfluche Jón Balðursson und das, was er euch angetan hat."

Noch während der Fahrt hörte Stella, wie Helgi seinen Freund Siggi von der Polizei anrief und ihn bat, sich auf dem Grundstück mal umzusehen.

„Wir werden schon herausfinden, wer dir so einen Schrecken eingejagt hat", sagte er grimmig, als er aufgelegt hatte.

„Wir sind da", sagte Helgi, als er den Wagen vor dem Krankenhaus parkte.

Stella nahm es stumm zur Kenntnis. Ihre Haut war fahl und grau. Die hübschen grünen Augen lagen tief in den Höhlen, und an der linken Augenbraue klebte ein dickes Pflaster. Irgendwer hatte Stella verprügelt, das war offensichtlich.

„Elaine wird auch bald da sein", meinte Helgi leise. „Ich nehme an, sie wird dich mit nach New York nehmen. Du brauchst dir keine Sorgen wegen deiner Sachen zu machen. Ich schicke sie dir nach."

„Danke", antwortete Stella und nahm Helgis Hand. „Werden wir uns wiedersehen?"

„Natürlich", versprach er aufrichtig. „Ich regle hier alles und komme zu dir nach Queens. Ich lass dich nicht mehr los, Stella. Nie mehr." Er sah ihr tief in die Augen und beugte sich herüber, um sie zu küssen.

In dem Moment wusste Stella, dass sie zu Helgi gehörte und das verlieh ihr neue Kraft. Sie lächelte und ließ sich von ihm ins Krankenhaus begleiten.

Stella saß auf einem Bett in einem weißen Zimmer. Sie hasste Krankenhäuser, doch sie hatte keine andere Wahl. Die Schwestern waren sehr nett zu ihr, aber sie schämte sich abgrundtief. Man brachte sie auf die Psychiatrie. Jetzt galt sie offiziell als verrückt, obwohl ihr die Krankenschwestern versicherten, das sei nichts Ungewöhnliches.

Sie seufzte und sah auf ihre Hände. Ihre Fingernägel waren schmutzig und abgebrochen. Die Hände rot und rau. Helgi war seit einer geschlagenen Stunde bei dem zuständigen Arzt. Stella hätte zu gerne gewusst, was sie dort redeten. Sie wollte nach Hause. Sie sehnte sich nach Ruhe und einem Leben ohne Sunna. Wo sie jetzt wohl war? Stella war sich bewusst, dass Sunna tot war. Sie konnte sich daran erinnern. Sie sah sich am Grab ihrer Schwester stehen. Wie sie jämmerlich weinte, dass ihre einzige Verbündete tot war. Sie erlebte, wie Erde auf das Grab geworfen wurde. Spürte, dass sie von nun an alleine gegen den übermächtigen Vater war. Doch auf der anderen Seite lebte Sunna. Sie hatte eine eigene Persönlichkeit entwickelt.

Die Türe ging auf und ein freundlich lächelnder Doktor kam ins Zimmer. Helgi war bei ihm und nickte Stella aufmunternd zu.

„Ich bin Halldór", stellte der Arzt sich vor und reichte Stella die Hand.

Stella nickte zur Begrüßung und sah zu, wie der Arzt in seinem Notizblock blätterte. Dann blickte er wieder auf und lächelte erneut. Stella kam sich unsagbar hilflos vor. Sie wünschte, er würde irgendetwas sagen. Ihr Fragen stellen – irgendeine Emotion zeigen.

„Und wie lautet die Diagnose? Bin ich schizophren?", versuchte sie scherzend ihre Unsicherheit zu überspielen.

„Um das sagen zu können, müssen wir einige Tests machen. Ich möchte aber gerne auf die Ankunft deiner Therapeutin warten, um mich mit ihr zu beraten. Solange bleibst du einfach hier und ruhst dich aus. Ich schicke gleich eine Schwester, die sich deine Wunden anguckt", antwortete Halldór, immer noch lächelnd. Dann verschwand er.

Stella schaute Helgi ratlos an und zuckte fragend mit den Schultern.

„Das war's?", sagte sie verdutzt. „Er hat mich gar nichts gefragt. Hast du ihm etwas über mich erzählt?"

„Du hast ihn doch gehört", antwortete Helgi und setzte sich neben sie aufs Bett. „Er will auf Elaine warten. Du wirst jetzt gleich erst einmal versorgt. Ich werde mir ein Hotelzimmer in der Nähe nehmen und morgen früh komme ich wieder. Meine Exfrau wohnt hier gleich um die Ecke. Ich will mit ihr sprechen und alles klären. Mein Entschluss steht fest, Stella. Ich komme mit dir nach New York", sagte er und sah ihr fest in die Augen.

Stella lächelte dankbar und senkte den Blick.

„Als ich hier hergeflogen bin, hatte ich wahnsinnige Angst", erzählte sie leise. „Ich wollte es so schnell wie möglich hinter mich bringen. Und jetzt sitze ich im Krankenhaus und habe nicht den blassesten Schimmer, was überhaupt geschehen ist." Stella zögerte einen Augenblick, ehe sie fragte:

„Meinst du, sie ist weg? Sunna meine ich. Glaubst du, sie lässt mich jetzt in Ruhe?"

„Ganz ehrlich? Ich weiß es nicht", gab Helgi bedrückt zurück. „Ich habe keine Ahnung, was dir fehlt, Stella."

Einen Moment verharrten sie in Schweigen und starrten in entgegengesetzte Richtungen.

„Sie hat gesagt, ich müsse mich umbringen, damit sie endlich alleine existieren kann", sagte Stella schließlich.

Helgi warf ihr einen bekümmerten Seitenblick zu.

„Ich werde jetzt gehen", meinte er und stand auf. Er gab ihr einen Kuss auf die Stirn und drückte ihr noch einmal aufmunternd die Hand.

„Morgen früh komme ich wieder."

„Ist gut", antwortete Stella leise.

Sie wollte nicht, dass Helgi ging. Sie fühlte sich alleine und hatte Angst.

„Du bist hier sicher", sagte Helgi, so als hätte er ihre Gedanken erraten, und Stella lächelte.

Sie wollte tapfer aussehen, war sich aber nicht sicher, ob ihr das gelang.

Als sie alleine war, versuchte Stella ihre Gedanken zu ordnen. Sie verstand es nicht. Warum wollte Helgi denn nicht einsehen, dass diese Dinge wirklich passiert waren? Sie hatte die Platzwunde am Kopf. Ihr Auge war geschwollen und an den Armen befanden sich diverse Prellungen und blaue Flecken. Und doch zweifelte Helgi an ihren Worten, dass Sunna etwas damit zu tun hatte. Sunna war tot – so viel wusste Stella auch. Aber jetzt war sie ein Geist oder ähnliches und sie suchte Stella heim.

Die Tür wurde geöffnet und eine Krankenschwester trat ein. Sie säuberte die Platzwunde und kümmerte sich auch um Stellas geschundene Füße. Abschließend verabreichte sie Stella noch eine Tetanusspritze und ging wieder. Stella seufzte. Sie wusste, dass sie kein Auge zumachen würde. *'Ich hätte um eine Schlaftablette bitten sollen'*, dachte sie.

Zwei Stunden später lag sie noch genauso da. Ärgerlich boxte sie auf die Bettdecke und stand auf. Dieses Zimmer machte sie verrückt. Die weißen, schmucklosen Wände leuchteten in der Dunkelheit, und Stella konnte an nichts anderes denken, als an Sunna. Das Bett war hart und die Wäsche steif und ungemütlich. Es war so stickig im Zimmer, dass Stella keine Luft bekam. Wahrscheinlich war die Heizung voll aufgedreht, denn Isländer lieben es übermäßig warm in ihren Häusern. Sie stand auf und ging ins Bad, um sich das Gesicht zu kühlen. Sie drehte den Wasserhahn auf und ließ sich das erfrischende Nass über die Hände laufen. Plötzlich hörte sie eine vertraute Stimme und sah in den Spiegel. Stella schossen fassungslos die Tränen in die Augen. Sie war hier! Sunna war ihr gefolgt. Ungläubig schüttelte Stella den Kopf.

„Das kann nicht sein", flüsterte sie zittrig.

„Wo ist denn dein Aufpasser?", fragte Sunna grinsend und lehnte sich vor, um sich im Spiegel zu betrachten. „Du dachtest wohl, du könntest dich einfach so aus dem Staub machen. Ttztz, böse Stella. Aber nun bin ich ja hier und wir können jede Menge Spaß haben, meinst du nicht?"

Stella tastete panisch nach der Klingelschnur, um die Schwester zu rufen, doch Sunna schlug ihren Arm beiseite.

„Lass das!", herrschte sie. „Ich werde mich nicht noch einmal wegscheuchen lassen. Von jetzt an gibt es nur noch Sunna. Hast du das kapiert? Ab sofort übernehme *ich* das Ruder."

Stella zitterte am ganzen Körper. Lautlos liefen Tränen über ihr Gesicht und sie klammerte sich am Waschbecken fest. Es war vorbei. Sie hatte keine Chance mehr, sich gegen Sunna zu wehren. Ihr Mund war wie ausgetrocknet und ihre Augen nahmen einen glasigen Ausdruck an. Dann brach sie auf dem Fußboden zusammen.

Kapitel 18

Sunna lächelte selig, als sie erschöpft von dem jungen Kerl neben ihr abließ. Sie schaffte es, sich aus dem Krankenhaus zu schleichen und war mit einem Taxi nach Downtown gefahren. Sie steuerte den erstbesten Pub an, bestellte sich Tequila und genoss das Nachtleben. Endlich, endlich war sie frei. Sie fühlte sich herrlich und kostete jede Minute davon aus. Als sie ausgelassen tanzte, fiel ihr ein junger Tourist auf. Er war Schotte und das erste Mal in Island. Sunna begann ein Gespräch mit ihm und landete schließlich in seinem Hotelzimmer. Zuerst plünderten sie die Minibar, dann bot er ihr eine Ecstasypille an. An Schlaf war nicht zu denken. Sunna fühlte sich wie ein wildes Tier, was man nach jahrelanger Gefangenschaft in die Freiheit entließ. Zweimal hatten sie bereits Sex, und Sunna wollte noch mehr. Sie war hungrig, jedoch nicht nach physischer Mahlzeit, sondern nach Leben.

Sie verschränkte die Arme hinter dem Kopf und ließ sich von dem Schotten die Brüste streicheln. 'Das war die beste Entscheidung meines Lebens', dachte sie, während der Junge mit seiner Zunge an ihren Brustwarzen leckte. 'Stella ist ja so leichtgläubig und hat nur darauf gewartet, dass er das Zeitliche segnet.'

„Hast du schon mal jemanden umgebracht?", fragte sie den Schotten.

Er hielt einen Moment inne und sah sie grinsend an.

„Warum? Willst du, dass ich jemand für dich umlege?", gab er scherzend zurück und widmete sich wieder Sunnas Brust.

„Ich habe es getan", sagte sie und stöhnte leicht auf, als er anfing sie leicht zu beißen. „Meinen Bruder, meine Mutter und meinen Vater. Und meiner Schwester habe ich mich auch entledigt."

Der Junge ließ schlagartig von ihr ab.

„Das ist nicht dein Ernst, oder?", wollte er vorsichtig wissen und erntete ein verschlagenes Lächeln.

„Wenn du nicht sofort weiter machst, bringe ich dich vielleicht auch noch um", sagte Sunna augenzwinkernd.

Sie sah, wie der Schotte erleichtert aufatmete und seinen Kopf zwischen ihre Beine steckte.

„Die Gerüchte sind tatsächlich wahr", nuschelte er zwischen ihren Schenkeln. „Ihr Isländerinnen seid wirklich ein verdorbener Haufen. Ich bin schon viel herumgekommen, aber mit euch macht es am meisten Spaß."

Sunna lachte heiser auf. *'Oh, Stella. Könntest du doch jetzt hier sein, und es genauso genießen wie ich'*, ging es ihr durch den Kopf, während sie einen Orgasmus bekam. Ihr Körper war heiß und fiebrig, als sie den Schotten auf sich zog und sich ihm erregt entgegen beugte. Erneut drang der rothaarige Junge in sie ein, und Sunna vergaß Stella für den Moment.

Als sie gegen Morgen befriedigt das Zimmer verließ, warf sie dem Schotten eine Kusshand zu und stieg in den Aufzug. Lächelnd drückte sie den Knopf und flüsterte:

„Und morgen werde ich nach New York fliegen!"

Teilnahmslos saß Stella auf einem Stuhl im Sprechzimmer von Doktor Elaine Miller. Sie hatte die Beine angewinkelt und schaukelte mit dem Körper vor und zurück. Ihr Blick schweifte aus dem Fenster und sie kaute an ihren Fingernägeln. Das Zucken ihres Augenlides wurde schlimmer und sie bekam es nicht mehr unter Kontrolle. Ihre Wangenknochen traten hervor und ihre

Arme waren nicht mehr als zwei dünne Stöcke. Sie war abgemagert und nur noch ein Schatten ihrer Selbst. Sie vernahm Elaines Stimme wie durch einen Nebel. Die Psychopharmaka, die man ihr verabreichte, entfalteten ihre volle Wirkung.

Stella war an dem Morgen nach Sunnas Besuch in ihrem Krankenzimmer aufgewacht und wusste nicht, wo sie war. Ihre Haare stanken nach Zigaretten und Alkohol und sie fühlte sich, als hätte sie Drogen genommen. Als Helgi wie versprochen zu Besuch kam, sprach sie kein Wort mit ihm. Auch bei Elaines Ankunft blieb sie stumm. Das war vor drei Tagen gewesen. Jetzt saß sie in einer New Yorker Klinik, auf der geschlossenen Psychiatrie und hatte immer noch kein Wort gesagt. Helgi beschrieb Elaine detailliert, was Stella ihm erzählt hatte. Er versuchte sich an jede Kleinigkeit zu erinnern, und berichtete der Ärztin aus Stellas früherem Leben.

Kapitel 19

Elaine berichtete, dass unterdessen die Polizei Balðurshraun unter die Lupe genommen hatte. Sie machten eine grauenvolle Entdeckung. Nahe beim Schafstall, dort wo Jón die Abfälle verbrannt hatte, lagen Knochen. Auch wenn zur Zeit des Fundes kein Gerichtsmediziner anwesend war, so sahen die Polizisten sofort, dass es sich nicht um tierische Knochen handelte. Die forensischen Untersuchungen dauerten noch an, so Elaine weiter, da die Proben nach Schweden geschickt werden mussten. Doch auf den ersten Blick schien klar zu sein, dass es sich bei dem Knochenfund um menschliche Überreste handelte. Helgis Vater, der Arzt aus Djupivogur, hätte nach erstem Sichtkontakt erklärt, es seien höchstwahrscheinlich die Knochen von Säuglingen. Er konnte nicht sagen, über wie viele sie sprachen, doch es waren mehr als drei Kinder, die lieblos vergraben worden waren, wie Abfall. Des Weiteren entdeckten die Polizisten die sterblichen Überreste einer Frau, die auf einem verlassenem Feld begraben worden waren.

Nachdem Elaine ihren Bericht beendet hatte, fragte sie Stella: „Können Sie mir sagen, was Ihr Vater Ihnen angetan hat?"

Stella blieb weiterhin verschlossen und flüchtete sich in ihre eigene Welt.

„Man hat auf dem Grundstück Knochen gefunden, Stella. Es waren die Überreste von Säuglingen", sagte Elaine noch einmal eindringlich und schluckte. Ein solcher Fall war ihr in ihrer gesamten Laufbahn noch nicht untergekommen.

„Wessen Kinder waren das?"

Stella begann zu summen. Der Jogginganzug, den sie trug, schlabberte an ihrem mager gewordenen Körper. Elaines Worte drangen zwar zu ihr durch, doch sie wollte nicht antworten.

Sunna erzählte ihr die ganze Wahrheit. Sie hatte ihren Vater in der Wanne ertränkt. Seinen faltigen, schwachen Körper unter Wasser gedrückt. Solange bis er sich nicht mehr wehrte. Niemand hatte es nachgeprüft. Warum auch? Alle hassten Jón Balðursson. Natürlich wusste Sunna, dass Stella sofort nach Hause eilen würde, um sich davon zu überzeugen, dass er tot war. Danach war alles nur noch ein Kinderspiel. Stella war so labil, so verletzlich. Sunna besaß schon immer Macht über sie, bis zu jenem Tag, an dem Stella das Land verlassen hatte. Seitdem war Sunna auf Balðurshraun gefangen. Niemand beachtete sie. Als ihre Mutter dann anfing, alle Bilder von ihren Kindern zu entfernen, weil sie den Anblick der traurigen Kinderaugen nicht mehr ertrug, wurde Sunna fuchsteufelswild. Sie wollte nicht vergessen werden. Ihre Mutter hatte schon immer den einfacheren Weg gewählt, und sich umgedreht, statt ihren Kindern zu helfen. Sunna sann auf Rache. Háfdis hatte es sich zur Angewohnheit gemacht, Blumen an die Klippen zu legen. An dem Ort, wo ihr Sohn den Tod fand. Sunna war ihr gefolgt, und stieß ihre Mutter von den Klippen. Es war so leicht. Fast schon zu leicht. Genüsslich sah sie zu, wie Háfdis um ihr Leben kämpfte und schließlich von den Wellen ins Meer gezogen wurde. Ihr Vater verkümmerte danach zu einem Schatten seiner selbst. Er hatte nun niemanden mehr, den er schikanieren konnte. Die Farm verkam, die Tiere wurden verkauft, und Jón saß nur noch in seinem Sessel und trank. Sunna stellte mit Schrecken fest, dass sie alleine sein würde, wenn er tot war. Und dann kam ihr die Idee, Stella zu rufen.

Doch es blieb die Frage, wie das möglich war? Wenn Sunna seit Jahren tot war, wie hatte sie dann die Eltern umgebracht? Sunna war schon immer eine starke Persönlichkeit gewesen, und Stella glaubte eigentlich nicht an Übersinnliches, doch allem Anschein nach, schaffte es Sunnas Geist diese grausigen Taten zu vollbringen. Sie war nicht hinübergegangen. Sie wollte sich nicht losreißen von der Welt der Lebenden. Sunna empfand es als gnadenlose Ungerechtigkeit, dass sie schon so früh aus dem Leben scheiden musste. Stella vergrub sich in ihren Gedanken und suchte eine Antwort, die sie aber nicht fand.

Ein letztes Mal noch besuchte Sunna ihre Schwester. Sanft strich sie Stella eine Haarsträhne aus dem Gesicht und küsste die eingefallenen Wangen.

„Die Knochen die gefunden worden, sie stammen tatsächlich von Säuglingen. Es waren insgesamt vier", erzählte sie gleichmütig. „Keiner von ihnen überlebte die ersten paar Monate ihres Lebens. Es waren sowohl meine als auch deine Kinder gewesen, und ich wundere mich wirklich, dass du das verdrängt hast. Papa hat sich um dieses „Problem" gekümmert, aber selbst ich weiß nicht, ob die Babys einen natürlichen Tod starben. Die Knochen der Frau, stammen von unserer Großmutter." Sie lächelte versonnen. „Doch das spielt jetzt alles keine Rolle mehr. Ich bin frei und in New York. Ich bin einfach die Stärkere und dich braucht niemand mehr. Auch Helgi wird das bald merken. Ich hatte es dir gesagt, Stella. Du hättest springen sollen. Jetzt wird dein Dasein von mir übernommen", sagte sie, während sie Stellas strähniges Haar bürstete. „Aber sieh es positiv. Ich werde mich um alles kümmern. Dein Haus, dein Job, deine

Freunde und Helgi. Sie werden bei mir in guten Händen sein, Schwesterherz. Du wolltest nicht sterben, nicht wahr? Das wollte ich auch nicht und trotzdem ist es passiert. Warum bist du nicht einfach mit mir gegangen?"

Stellas Auge zuckte nervös.

„Alles wird gut, Liebes", sprach Sunna weiter und lächelte. „In ein paar Monaten werde ich komplett deine Identität angenommen haben. Du wirst dich jetzt brav unter die Dusche stellen und ein wenig herrichten. Danach werden wir zu Elaine in die Sitzung gehen und ihr erzählen, was sie hören will. Du wirst sehen, im Handumdrehen sind wir hier raus. Du musst nur mitspielen. Danach wirst du deine Ruhe haben. Hast du mich verstanden?"

Stella nickte müde, und Sunna rieb sich zufrieden die Hände. Sie rief nach einer Pflegerin, und Stella wurde ins Bad gebracht.

Sunna wich Stella nicht von der Seite. Sie diktierte ihrer Schwester Wort für Wort, was diese Elaine sagen sollte. Es war mehr und mehr Sunna, die sich mit Elaine unterhielt und kooperierte. Sie durchlief die Therapie mit Bravour und wurde vier Monate später entlassen. Als Helgi sie vom Krankenhaus abholte, schlang Sunna ihre Arme um seinen Hals und küsste ihn leidenschaftlich.

„Jetzt beginnt unser Leben", sagte sie und küsste ihn erneut.

Mit dem Taxi fuhren sie nach Queens zu Stellas Haus und mit einem letzten Blick auf das Krankenhaus, murmelte Sunna leise:

„Du hättest wirklich springen sollen, Stella."

Ende

Anmerkung der Autorin:

Die Personen und Begebenheiten sind frei erfunden. Auch der Name der Farm ist reine Fiktion.

*In Island duzt man sich und redet sich mit dem Vornamen an. Nachnamen spielen kaum eine Rolle, da sie keine Familienverhältnisse erkennen lassen. Die Kinder tragen den Namen ihres Vaters im Nachnamen, so wie hier das Beispiel von Jón Balðursson, dessen Vater den Vornamen Balður hatte. Daher heißt Stella Jónsdottir, also Tochter von Jón. Die Frauen behalten auch nach der Hochzeit den Namen ihres Vaters und nehmen nicht den ihrer Ehemänner an.

**„Bless" ist eine Verabschiedung, wie etwa ein „Tschüss".Tages wird sie sicher das Buch lesen und hoffentlich Freude daran haben.